闇蔵

蛇の目の翔次郎始末帳

安芸宗一郎
Aki Soichiro

文芸社文庫

目次

第一章　拾った土左衛門

一

夜明け間近――。

昨夜半から篠ついていた雨は勢いを失い、ゆっくりと流れる雲間には、ときおり水色の空がのぞいている。

浅草御蔵前、四番堀と五番堀の間にそびえる「首尾の松」の前では、たゆたう猪牙《ちょき》舟《ぶね》の上で奇妙な三人組が大騒ぎしている。

舳先《へさき》にくくりつけられた提灯が大きく揺れた。

町人髷をした小太りの男が握るのべ竿が、折れんばかりに大きくしなった。

「おいおい、早ちゃん、あんまり暴れねえでくれよっ！　おいらの竿に大物がかかってんだからよっ！」

身の丈五尺、赤子のようにぽちゃぽちゃとした赤ら顔の若者が怒鳴り、必死の形相で竿を立てた。

男は南町奉行所同心百瀬正之介配下の岡っ引き金八。

パッチリと見開いた大きな目と、よく動くつぶらな瞳の童顔が印象的だ。

「金ちゃん、油断するなよっ！　今日はそいつで五十一匹目なんだからよ。金ちゃんのいうとおり、鰻釣りは雨の日と酒粕のコマセに限るなっ」

舳先にいた坊主頭の大男が立ち上がり、大きな魚籠を高々と持ち上げた。

男の名は早雲。神田明神下の古刹《こさつ》、永徳寺の住職だ。

将棋の駒に筆で目鼻を描いたような、えらの張った顔が特徴的だ。

「ようし、この野郎っ！」

金八が力任せに竿を引き上げた。

すると全長三尺はあろうかという、極太の大鰻が船上に飛び込んだ。

金八の瞳がギラついたかと思うと、全身をくねらせて逃走をはかる大鰻に、猫のような俊敏さで飛びかかった。

「ようし、これで五十と一匹だぜ」

両手で大鰻を摑んだ金八は、満面に笑みを浮かべて頷いた。

「金ちゃん、鰻鉄じゃあ蒲焼きがひと串二百文、卸値は五掛けって決まりだから、五十一匹で一両一分になる」

艫《とも》に腰掛け、蛇の目をさしてキセルをくゆらせている侍がいった。

「翔ちゃん、さすがっ！　お侍といえば、暗算はもとより九九もできねえのが当たり前だってのに、やっぱり勘定方の血筋は違うな」

金八が翔ちゃんと呼んだ男は、元旗本桃井家当主の桃井翔次郎。

旗本に元がつくのには理由があった。

今を去ること二百五十四年前、征夷大将軍の宣下《せんげ》を受けた徳川家康が、江戸に幕府を開いた慶長八年（一六〇三）のことだ。

当時、翔次郎のご先祖は三河以来の三十石の旗本だが、戦働きで功をあげたことは一度もなく、武士にしては算盤を得手としていたことから徳川家の勘定方として禄をはんでいた。

おかげで江戸幕府でも、すんなりと勘定奉行所公事方でお役を得ることとなったが、よりによって公金に手をつける不祥事を起こしてしまった。

手をつけたといっても、金額はたったの一両、しかも理由は事もあろうに、酒場のツケの支払い。

本人は翌日には元に戻すつもりだったが、不運なことに翌日の早朝、たまたま帳簿を見ていた勘定役頭が、帳簿に記された金額より現金が一両足りないことに気付いてしまった。

無論、ご先祖はすぐさま小判を手に事情を説明した。

ことが露見すれば、勘定役頭も管理責任を問われるだけに、普通は何食わぬ顔で小判を戻して穏便に済ませるのだが、この日、勘定役頭はなぜか事件を上司に報告したために、ご先祖にはお役御免の沙汰が下ってしまった。

江戸幕府の開府直後に発覚した不祥事だけに、勘定奉行は幕府上層部を忖度して、あえて厳罰に処すよう命じた。

その結果、ご先祖は切腹こそまぬがれたものの禄も役も失って役宅から追い払われ、一家の長い長屋暮らしが始まった。

翔次郎は身の丈五尺九寸、背格好は六尺男の早雲と変わらないが、その顔はじつに涼しげな二枚目だ。

切れ長の目に、筋の通った鼻はあくまで高く、薄目の唇はつねに真一文字に結ばれている。

見た目だけなら、歌舞伎役者も裸足で逃げ出す色男なのだが、やはり天は二物を与えない。

翔次郎は整いすぎた顔立ちに似合わぬおしゃべり好きで、三人の中で誰よりも涙もろい人情家だった。

三人は侍、町人、僧侶、身分的には釣り合わない組み合わせだが、神田明神下にある早雲の実家、永徳寺の近くで育った幼なじみで、年齢はともに二十二歳。五歳になった夏のある日、長屋住まいの翔次郎と金八が境内に蟬とりに来たのがきっかけで早雲と知り合い、物心が付いたときには何をするのも常に一緒の仲になっていた。

十五歳の秋、金八がたまたま永徳寺の境内で二分銀を拾ったおかげで、下谷広小路裏の「提灯店」で経験することができた遊女相手の筆おろしも、あえて相手を同じにするという徹底ぶりで、以来三人は「穴兄弟の契り」を結んだ珍妙なる義兄弟を公言していた。

三人は身分こそ違えど、絵に描いたような江戸の貧乏人であることは共通だったが、そんな貧乏暮らしから最初に抜け出したのは金八だった。

四年前、たまたま居酒屋で知り合った南町奉行所同心に、口八丁と愛想の良さをかわれ、まんまと岡っ引きになったのだ。

岡っ引きは同心から給金を貰えるわけではないが、自前にもかかわらず十手の威光は凄まじい。

神田界隈の商家の暖簾《のれん》を潜って十手をちらつかせれば、番頭がすかさず付け届けを差し出すのだ。

一軒一軒の金額は一分程度でも、合計すれば年に五十両は下らない。

三日もすると金八の継ぎ接《つ》《は》ぎだらけの着物は新品になり、五日目には帯が一本どっこの博多帯、草履も蛇革の高級品に様変わりした。

もっとも早雲は年々減っていく檀家の葬儀と法事が収入源で、翔次郎は春秋の年に二回納める傘の手間賃だけが収入源。

夢もなければ希望もなく、昨日もなければ明日もない、浮き草のように今日を生きていることに変わりはなかった。

この日も翔次郎と早雲が、生活費を稼ぐつもりで鰻釣りの準備をしていると、たまたま金八が顔を見せて一緒に行くことになったのだが、いずれにしてもいつにない大漁に、三人はすこぶる機嫌がよかった。

翔次郎が船縁に愛用の煙管《きせる》を叩きつけて灰を落としたとき、金八の手からまんまとすり抜けた大鰻が、体をくねらせながら翔次郎の右足にまとわりついた。

翔次郎はおもむろに右足を上げると、容赦なく鰻の頭を踏みつけた。

「翔ちゃん、そのままにしていてくれ。いま捕まえるからっ」

袖をまくりあげた金八は握った右手の拳を掲げ、中指だけを突き立てた。

「金ちゃん、例の秘技で頼むぜ」

「おうっ！　観念しやがれっ、シャキーン！」

金八はわけのわからぬ叫び声を上げ、鈎《かぎ》のように折り曲げた中指一本で大鰻の胴をはさんだ。

鰻鉄の親父直伝の、鰻を一発で捕獲する秘技だった。

「ヨッシャー」

金八はさっさと大鰻を魚籠に放り込み、両腕を高々と突き上げた。

「金ちゃん、もう夜も明けたぜ。そろそろ終いにして帰ろうや」

翔次郎がいった。

「おいおいおい、今日はいつになく大漁なんだぜ。雨も上がったようだし、もうひと頑張りしようよ」

欲張りな金八は不満げに頰を膨らませた。

「一晩で一両一分稼げりゃ十分じゃねえか。それに今日は、傘徳の親父が朝一番でくることになってるんだ」

「できあがった蛇の目傘を引き取りにくるのかい？」

「ああ、今月は五十本納める予定なのに、最後の一本がまだ仕上がっていねえんだ。早めに帰って、そいつをやっつけちまいてえのよ」

そういう翔次郎の脇を早雲がすり抜けて艪《ろ》を握った。

「金ちゃん、翔ちゃんのいうとおり、今日はこれで引き上げようぜ。ナンマンダブ、ナンマンダブ……」

　早雲が、眼前に右手を立ててお題目を唱えた。

「和尚、前から気になっていたのだが、なんでナムアミダブツではないのだ」

「侍は禅宗が多いし、翔ちゃん家はナムシャカムニブツの曹洞宗だから知らねえだろうが、法然和尚開祖の浄土宗ではな、経の終りに十回お題目を唱えるんだ」

「そんなことは知ってるよ」

「一回から八回まではナンマンダブで、九回目だけナムアミダブツと唱える。そして最後がまたナンマンダブで終わるんだよ」

「ふーん。だがそれは決め事であって理由じゃねえ、本当は和尚、知らねえんだろう」

「じゃあ逆に聞かせてもらうが、翔ちゃんには兄貴がいるのか？」

「俺に兄貴？　そんな者、いるわけねえじゃねえか」

「だけど金八は、九人兄妹の八男だから金八で、末の妹は打ち止めという意味でトメという名をつけられた。翔ちゃんが長男なら、翔次郎じゃなくて翔一郎とか翔太郎とするのが普通だろうが」

「なるほど。確かに俺はお袋が二十五の時の子だから、普通なら兄貴がいてもおかしくはねえな。でも死んだ親父もお袋も、そんな話はしなかったな」

　翔次郎は苦笑した。

「和尚、そんな話、どうでもいいじゃねえか、桃井家と傘徳は三百年の付合いなんだしよ、さっさと帰ろうぜ」

竿じまいしていた金八が、ふてくされ気味にいった。

「金ちゃん、何度もいうがな、ご先祖が……」

「わかってるって。二百五十四年だっていいてえんだろ。耳タコだぜ」

「わかっているなら間違えるなっ」

翔次郎はムキになった。

「ハハハ。勘定方の血ってのは細けえな。いずれにしたって、このお江戸に住むお侍で、二百五十四年も浪人なんてえのは、翔ちゃんの家だけだぜ」

金八は船縁から川面に腕を伸ばし、ヌルヌルになった手を洗った。

「でもさ、二百五十四年間浪人も凄えけどさ、その間、傘張り一本で生計を立ててきたってのも凄えよな」

早雲が合いの手を入れた。

「おお、しかも、いまじゃ自分で骨から作っちまう、傘職人も一目置く名人だってんだから驚きよ。和尚は知らねえだろうがよ、翔ちゃんの作った蛇の目は、吉原や柳橋あたりの粋筋が一本一両で買ってくらしいぜ」

金八は着物の裾で手を拭いた。

「それでついた仇名が『蛇の目の翔次郎』って、なんだか役者みてえだよな。さあて、それじゃあ急ぐとするか」

艪を握る早雲の腕の筋肉が盛り上がった。

「ふたりとも、あんまりおだてるねいっ」

翔次郎はふたりの皮肉がわからないのか、照れくさそうに顔を赤らめ、後ろで纏《まと》めた総髪の頭を掻いた。

二

舟がまもなく柳橋に差し掛かろうとしたとき、舳先にいた金八が翔次郎に振り返った。

「それはそうと翔ちゃん、神田佐久間町の呉服屋なんだけど……」

「佐久間町の呉服屋といったら、播磨屋のことか」

「ああ、その播磨屋の富三がよ、昨日、獄門になったのを知ってるかい」

「獄門って、闇蔵の客の富三がか？」

「おう」

金八は意味深な笑みを浮かべ、大きく頷いた。

翔次郎が口にした「闇蔵」とは、二年前の安政二年十月に起きた「安政江戸地震」のあと、三人が共同で始めた新商売のことだ。

江戸の町は「安政江戸地震」の前年に伊豆下田大地震、その前年には関東一円を襲った大地震に見舞われていた。

その度に多くの建物が倒壊したり、火災が頻発したのだが、江戸直下型の「安政江戸地震」は、比べようもない大被害をもたらした。

長時間にわたって地面が波打ち、巨大な大名屋敷や寺社が次々と倒壊し、地震後に多発した出火のせいで丸の内の大名屋敷は全焼、江戸の外れにある吉原も全焼し、三千ともいわれる遊女たちが焼け死んだ。

幸い、地震発生が夜中の四つ（十時）過ぎで民家の竈《かまど》の火が落ちていたこともあるが、日本橋・神田・両国界隈にそこここに設けられていた火除け地、一万を超える火消しといった幕府の防火対策が功を奏し、早雲の住む永徳寺も本堂や山門が倒壊することも、火災にあうこともなく、近所にある翔次郎と金八の住む伝助長屋も無事だった。

翌朝、翔次郎と金八は永徳寺に集まった。

ふたりとも、本堂の地下にある麹ムロに隠した酒の様子が気になってのことだった。

前日の揺れの激しさを思うと、三人は半ば諦め気味で地下への木戸を開いたのだが、不思議なことに麹ムロは一切崩れることなく無事だった。

「和尚、いいことを思いついたぜ」

突然、金八が甲高い声でいい、良く動くドングリ眼をキラつかせた。

「いいことって、突然なんだよ？」

「ここにさ、扉に錠前をかけられるようにした頑丈な棚を造ってさ、なんでも隠せる蔵として貸しだすんだよ。名付けて『闇蔵』さ。どうだい」

貧乏育ちの金八は、もともと欲深で商売っ気が強く、思いつきの新商売は口癖のような男で、翔次郎と早雲にとってはそれこそ耳タコ話だ。

だが大地震の翌朝だけに、火事の多い江戸で絶対に火が回らず、大地震でも崩れない地下の麹ムロに貸し蔵を造るという思いつきは、妙に説得力があった。

永徳寺は神田山の麓にあって大水の心配はないし、どんな大火が起きようが、地下三間（五・四メートル）の麹ムロまで火が回ることもない。

しかも理由はわからないが、昨夜の大地震でも地下蔵の壁も天井も無傷なのだから、そこらの貸し蔵より安心で安全といえた。

さっそく三人は、なけなしの金を一両ずつ出し合い、麹ムロの入口に頑丈な鉄扉を作らせ、古道具屋で買った船簞笥を改造した頑丈な棚を三本、合計十八人分を作らせて運び込んだ。

厚さ二寸もある真四角な扉には錠前をかけられるように金具が付き、扉の奥には一尺五寸（約四十五センチ）四方に誂《あつら》えた、火と湿気に強い桐の箱がピタリと納まっている。

扉にひとたび錠前をかければ、合い鍵を使うか錠前を破壊しない限り、まず開けることはできない。

強気で商売っ気たっぷりな金八は「闇蔵」と名付けたこの貸し蔵を、鍵代二両、年間三両という法外な預かり賃を設定して貸し出すことにした。

「金ちゃん、年間三両って、ちょっと高すぎねえか」

「和尚、賃料を安くして客を集めてえのはわかる。だけど考えてもみろい、客が増えりゃあ蔵の管理も面倒になるし、どんな悪党が紛れ込んでくるかもわからねえだろ」

「そりゃあそうだけど、やっぱ三両はねえだろう」

「いいから商売のことは俺に任せてくれ」

金八はあくまで強気だった。

しかし商売はそれほど甘くはない。

開店して三ヶ月経っても、わずかな空間に三両もの金を出そうという酔狂な客は、案の定、ひとりも現れることはなかった。

金回りのいい金八はともかく、なけなしの一両を供出した翔次郎と早雲は、正月を前に落ち込みに落ち込んだ。

そんな翔次郎を見かねたのか、「傘徳」の主人の仁右衛門が、闇蔵の客一号になると名乗りを上げてくれた。

しかも翌年の松が開けると、有り難いことに三人の新規の客が付いてくれた。仁右衛門が自分の土蔵を持てない商家の内儀、知り合いの芸者、役者などに、闇蔵の噂を発信してくれたおかげだった。

すでに仁右衛門が払った五両、三人の新規客が払った十五両と合計で二十両。最初に三人が一両ずつ出し合った原資の三両を差し引いても、十七両の利益となったのだ。

一月晦日の夜五つ、金八、翔次郎、早雲の三人は永徳寺に集合し、本堂で車座になった。

「さてご両人、『闇蔵』一年目の売り上げは、総額二十両とあいなった」

金八はそういうと満足げに頷き、三人の中央に膨らんだ三つの布袋をドサリと置き、その脇に小判を二枚置いた。

「に、二十両……」

早雲が生唾をゴクリと飲んだ。

「この二両は次の棚や錠前代の原資に残し、残りの十八両を六両ずつに山分けにしたのがこれだ」

「ろ、六両？」

役得の多い岡っ引きの金八はともかく、貧乏人の翔次郎と早雲は大金を前に、思わず顔を見合わせた。

闇蔵創業を決めて供出した一両が、たったの四ヶ月で六倍になって帰ってきたのだから、まさに夢のような話だった。

「おう、中身は使いやすいように、小銭に両替してあるからよ」

「金ちゃん、用意した十八人分の棚全部に客が付いたら、どうなっちまうんだ」

手にした布袋にほおずりをする、早雲の手も声も震えていた。

「どうもこうも、ひとりの取り分が十八両になるだけのことよ」

金八は当たり前だろうという顔でいい放った。

「じゅ、十八両？　金ちゃん、あんたは偉い！」

翔次郎と早雲は、思わず金八に抱きついた。

翔次郎は去年の一月に起きた闇蔵の一件を思い出しながら、金八に聞いた。

「で、播磨屋の富三がどうしたんだ」

「それが番屋で聞いた話ではな、富三は二十年ほど前、相模と江戸を股にかけて荒らし回っていた、『野火の三左』とかいう押し込み強盗だったそうなんだ」

「押し込み強盗？」

「ああ、それが二十年前に忽然と姿をくらまし、三年後、名を富三に変えて密かに江戸に舞い戻り、神田の佐久間町で播磨屋を開いたってわけだ」

「あの好々爺然とした富三が大泥棒……人は見かけによらねえもんだな。播磨屋っていえば、今じゃ江戸でも中堅の呉服屋だぜ」

「翔ちゃんと金ちゃんは知らねえだろうが、十日ほど前に富蔵が闇蔵に来たときに聞いたんだが、近いうちに倅に店を譲って楽隠居するつもりだったみたいだぜ。それが獄門とはな、ナンマンダブ……」

　艪から手を離した早雲は、眼前で両手を合わせた。

「押し込み強盗が獄門首になるってのは、まさに因果応報じゃねえか。さて、んなわけで相談なんだが、『鰻鉄』に鰻を納めるのは後回しにしてだな、ここはすぐに闇蔵に戻って、富三に貸している棚の中身を改めねえか。富蔵は死んじまったんだから、闇蔵にしまわれた物は俺たちの物だろ」

　闇蔵の契約では、大晦日に翌年の賃料が支払われない場合、棚にしまわれた品々の始末は三人がすることになっている。富蔵が処刑されたということは、今年の年末の賃料は払えないのだから、元大泥棒が闇蔵に隠した品々の所有権は、すでに三人に移っているといえた。

「金ちゃん、そういうことかっ！」

早雲がポンと手を叩いた。

「和尚、そういうことよ。富三が元押し込み強盗だったってことは、凄えお宝発見になるかもしれねえぜ」

金八はどこから取り出したのか、ひとりだけスルメの脚を囓《かじ》った。

富三の生首が晒されている小塚原の方角を向いた早雲は、

「ナンマンダブ、ゴッチャンダブ、ナンマンダブ、ゴッチャンダブ……」

と、わけのわからぬ念仏を呟き、慌てて艪を握りなおした。

そして鰻を卸す鰻鉄がある柳橋には目もくれず、舳先で白波を立てながら神田川を遡上した。

富蔵の棚を開けることによって、三人がとんでもない事件に巻き込まれることになろうとは、よもや夢にも思わなかった。

三

早雲が昌平橋の先の桟橋に舟を寄せると、金八と翔次郎は鰻の入った魚籠を担ぎ、先を争いながら土手の階段を駆け上がった。

あたりはすでに夜が明け、柳が植えられた神田川の両側の通りには、どこからわいて出たのか、棒手振りや道具箱を担いだ大工がせわしなく行き交っている。

「おい、待ってくれよっ!」

早雲は栈橋の杭に舫《もや》い綱を繋ぐと、慌ててふたりを追った。

永徳寺は同朋町と神田明神下に挟まれた金沢町にある。

三百年ほど前、開山した頃には敷地が二町(二百メートル)四方もあり、江戸の浄土宗の寺としては十指に数えられる規模を誇った。

だが代々の住職がまずかった。

それが血というものなのかも知れないが、代々の住職は煩悩の限りをつくす破戒坊主で、一万三千坪を超える広大な敷地は彼らの色欲と博打の借金のカタとなり、いまでは三百坪ばかりになっていた。

山門を潜り、石畳を二十歩も歩けば煤けた本堂に突き当たる。

近所の湯島聖堂や神田明神に比べると、そのたたずまいはなんとも惨めで、土地を切り売りするたびに移築《くり》された豪壮な山門だけが、かつての寺の栄華を物語っていた。

本堂の左手にある庫裏にはそれらしい玄関もなく、貧相な木戸の向こうは台所の土間になっている。

ようするに庫裏の入口があったあたりも売り払われ、いまでは庫裏の勝手口が玄関になっていた。

「あれ？　誰かいるみたいだぜ」

庫裏の木戸を開けた早雲がつぶやいた。

翔次郎が薄闇に目を凝らすと、土間の先の広間に座る三つの影がみえた。

「どこのどちらさんだね」

「あらあらあら、お早いお帰りで。お三方で朝帰りとは、本当に仲のよろしいことでござんすねえ」

言葉つきは柔らかいが、声色にふんぷんと皮肉を感じさせる女の声がした。

「なんだ。志乃吉姐さんじゃねえか」

翔次郎が呟いた。

「あらあらまあ、朝帰りのくせして『なんだ』とは、ご挨拶じゃござんせんか。翔次郎様っ！」

翔次郎に惚れている芸者の志乃吉は、三人が岡場所帰りとでも誤解したのか、怒気を露《あら》わにしたその声は、喧嘩腰で殺気すら孕《はら》んでいる。

志乃吉は瓜実顔に鼻筋がとおり、小さめだがふっくらとした赤い唇と、吊り気味の大きな目の、濡れたように輝く鳶《とび》色の瞳が艶っぽい。

美しさだけなら柳橋で一、二を争う美人芸者だ。

しかし天は翔次郎と同様、志乃吉にも二物を与えなかった。

志乃吉は芸者にもかかわらず、奈良漬けを一枚食べただけでも顔が真っ赤になるほどの下戸で、酒を一合も飲めば誰彼かまわず嚙みつく絡み酒が癖だった。

しかも性格は勝ち気で男勝り、客と大喧嘩になるのも日常茶飯事で、置屋からクビ寸前という崖っぷちにいた。

そんな志乃吉につけられたあだ名が床柱芸者。

床柱には「接ぎがない」が、志乃吉は同じ客から二度と指名がないので「次がない」という、駄洒落でつけられたあだ名だった。

「床柱の姐さん、なにが理由でご機嫌斜めか知らねえがよ、俺たちは鰻釣りにいってたんだよ。こいつをみてみろい、今日は五十と一匹の大漁だっつうの」

金八が持っていた魚籠を掲げた。

すると志乃吉の右手に座っていた初老の男が声を発した。

「ほう、五十と一匹ですか。金八親分、それじゃあしばらく、タダ酒を飲んでいただけますな」

「おうよ、みてくれ、このでかさを。こいつは大川のヌシに違いねえ……って、その声は鰻鉄の親父じゃねえか」

魚籠から一番の大物を取り出した金八は、にっこり笑って鰻をかかげた。

「毎度、お世話様でございます。その鰻、他所に持っていかないでくださいよ」

鰻鉄の主の美濃吉がいった。

「なーにいってやがる。この鰻はな、俺に釣られて鰻鉄で蒲焼きにされちまう運命《さだめ》だったんだよって、やけに手回しがいいじゃねえか」

「金八親分、そうじゃないんですよ。今日はこちらの美濃吉さんが、どうしても闇蔵をお借りしたいということで、お連れしたんですよ」

美濃吉の向かいに座っていた、「傘徳」の主人の仁右衛門がいった。

「親父さんが闇蔵を？　別にかまわねえが親父さん、料金は錠前が二両、一年の預かり賃が三両、決して安くはないぜ」

「金八親分、しがない鰻屋の私でも、火事で焼けちゃ困るもののひとつぐらい、ございますんですよ」

美濃吉は笑みを浮かべて静かにいった。

「そりゃあ、わからねえわけじゃねえが、年に三両だぜ」

金八は賃料を自分で決めたにもかかわらず、美濃吉の懐に気遣った。

「確かにお安くはございません。でもうちの鰻だって一人前で二百文。二八そばなら十二杯分のお代をいただいております。だからといって私の蓄えじゃ、土蔵を造るわけにもいきません。そう考えれば、年に三両だって安いものですよ」

「そんなもんかねえ」

金八は首を傾げながら、持っていた大鰻を魚籠に戻した。

「それに私は、ガキの頃に火事に遭いましてね。家屋敷は丸焼けで、こんな火傷疵まで負ってしまいました。火事の恐ろしさは身をもって知っているんですよ」

美濃吉はそういって、左の首筋にある火傷疵を見せた。

その日暮らしの貧乏人には、過去を顧みる余裕などあるわけがない。思い出など、腹の足しにも屁のつっかえ棒にもならぬのだ。

だが不思議なことに、人はある程度暮らしに余裕ができると、そんな思い出が妙に大切になってくる。

他人に知られたり、見られては困る秘密や、捨てるに捨てられない思い出の品ができてくる。

最初のうちは行李の隅に隠し持っていたものが、いつのまにか他人に発見される不安に苛まれ始める。

だからといって、そんな品々を肌身離さず持っているというわけにもいかないし、土蔵を建てるほどの金もない。

そんな人間にとって、闇蔵が与えてくれる安心と安全の価値は、貸し主の金八たちより、借りる側のほうがわかっているのだ。

現在のところ三人が用意した闇蔵は十八。

まだ十四の棚が借り手のないままになっているのだから、美濃吉の申し出を断る理由はない。

二年前、闇蔵商売を思いついた金八は、賃料を高額に設定した理由を、

「闇蔵の管理と安全面を考えると、やっぱり誰彼かまわずに貸すってわけにもいかねえぜ」

と説明した。

なぜなら、日頃の闇蔵の管理人は住職の早雲の仕事になる。

闇蔵を利用しにきた客に入口の鉄扉の錠前の鍵を渡し、それが返却されるまで待たなければならないし、客に闇蔵の品を狙う悪党が紛れ込まないとも限らない。そしてなにより、若造三人組に人をみる目などあるはずもなかった。

すると、翔次郎がじつに賢明な提案をした。

「それなら、傘徳の仁右衛門と芸者の志乃吉に頼んだらどうだ。仁右衛門はこの界隈の町名主だし、志乃吉は商人たちの裏の顔にも詳しい。ふたりが紹介した者にだけ闇蔵を貸し出すってのはどうだ」

早雲と金八は一も二もなく賛成した。

結果、客は志乃吉と仁右衛門が身元を保証する上客ばかりとなり、三人は闇蔵の鉄扉の錠前の合い鍵を客に渡し、勝手に出入りできるようにした。

おかげで早雲は客の対応の煩わしさから解放され、客にしても誰に気兼ねすることなく闇蔵への出入りが自由になり、一層使い勝手が良くなった。

そう考えれば美濃吉も、志乃吉と仁右衛門の保証付きの上客なのだ。

黙って金八たちのやりとりを聞いていたはずの早雲が、いつの間にか奥の部屋から抱えてきた、サイコロのような桐の箱を美濃吉の前に置いた。

「美濃吉さん、この木箱はこうみえて、小判なら二千両は楽に入る。ただし現金を隠すのは勝手だが、今年の大晦日に翌年の賃料が先払いされなかったときは、即座に俺たちが中の品を始末する。それでもよいかな」

「はい、結構でございます」

早雲の説明に、美濃吉は頭を下げた。

「では、こちらが闇蔵に通じる鉄扉の錠前の合い鍵、こちらが美濃吉さん専用の錠前と鍵が二本。確かめてくれ」

早雲が説明を終えると、美濃吉は錠前と鍵を手に取って確認した。

「はい、確かに。それでは錠前と賃料をあわせて五両、お受け取りください」

美濃吉は財布から取り出した五枚の小判を畳の上に並べた。

「待ってくれ。今は五月だし、今年は月一分で八ヶ月分の二両で結構だ」

「親分、三両で結構です。日頃、お世話になっている気持ちです」

「そうか、それじゃあ和尚、親父さんを闇蔵に案内してくんな」

金八にうながされた早雲は、桐箱を抱えた美濃吉と本堂へと向かった。

四

ふたりの姿が見えなくなると、金八は小判を二枚手に取り、志乃吉と仁右衛門に差し出した。

「いつもすまねえな」

「こちらこそありがとうございます。親分、この商売を始められて丸二年、お客はどれくらいになりました」

小判を帯に挟んだ志乃吉が聞いた。

「美濃吉で五人目だ、棚はまだ十以上も空いているんだから、新規の客、よろしくたのむぜ。あ、それから仁右衛門さん、来年からあんたの棚の貸し賃はいらねえからよ」

金八は志乃吉と仁右衛門を見て片目を瞑《つぶ》った。

「ならば、お言葉に甘えさせていただきますかな」

仁右衛門は丁寧に頭を下げた。

「さて傘徳の旦那、話はうまくまとまりましたし、あたしらはそろそろおいとまさせていただきましょうか」

志乃吉は、にこやかに上機嫌でいった。

「そうですね。ああ、それはそうと桃井様。いつものやつでございますが、確かお約束は五十でございますが、よろしゅうございますか」

「仁右衛門殿、じつはまだ四十九しかできておらんのだ。これから長屋に戻って頑張ってはみるが、約束の五十は守れぬかもしれぬ……」

翔次郎は頭を掻きながら、申し訳なさそうにいった。

「水くさいことをおっしゃいますな。桃井様とは二百五十四年のおつき合い。四十九本でけっこうでございます。それではいつもどおり、昼前に店の者にうかがわせますので……」

来年、還暦を迎える仁右衛門は翔次郎に頭を下げると、「よっこらしょ」といって立ち上がった。

今でこそ翔次郎の傘は番傘なら一本二百文、翔次郎が考えた洒落た意匠の蛇の目なら、一本一分で引き取って貰えるようになった。

だが先祖代々二百五十四年、桃井家が傘張りの内職をしてこれたのは、仁右衛門がいればこそのことだった。

しかも八年前に翔次郎の父と母が流行病で死んでからというもの、仁右衛門は天涯孤独となった翔次郎を気にかけ、何かにつけて面倒をみてくれた。

まさに親代わり、翔次郎が絶対に頭が上がらない、江戸で唯一の存在だった。


美濃吉たちが帰った後、それぞれが提灯を手にして闇蔵に入った三人は、富三に貸した棚の前に並んだ。

「金ちゃん、播磨屋の富三は、本当に大泥棒だったんだろうな」

眉間に深いしわを刻んだ翔次郎が、ゴクリと生唾を飲んで喉を鳴らした。

お宝発見への期待で、すでに金八と早雲の口元はだらしなく緩んでいる。

「ああ、獄門首の大泥棒だ。えーと、富三に貸した棚は確か……あれっ？」

「客は美濃吉を加えて五人。台帳なんか見なくたって、わかるだろうが」

翔次郎は苛立たしげにいった。

すると金八の提灯が、富三の棚の見慣れぬ錠前を照らし出した。

「なんだこれ。金ちゃん、俺たちが売った錠前じゃねえぞ」

早雲が首を傾げた。

「あの悪党、やっぱり俺たちを信用していなかったんだ。播磨屋が誂えたんだろうが、見事な竜虎の金銀細工、これだけでもかなりの値打ちもんだぜ」

金八は見慣れぬ錠前をじっくりと確かめた。

「金ちゃん、錠前なんてものはよ、鍵がなければただの鉄の塊で、文鎮にもなりゃしねえんだ。ちょっくら、どいてくれ」

早雲はそういうと、懐から千枚通しのような道具を二本取りだし、尖った先端を鍵穴に差し込むと、あっという間に施錠を解いた。

「早ちゃん、何度みても怪しげな技だな。坊主の修行ってのは、錠前破りの技も身につけなきゃいけねえのか？」

岡っ引きの金八は、訝《いぶか》しげに早雲を見上げた。

「そんなわけねえでしょ。ただね、僧侶になろうなんて奴の中にはさ、現世で罪深い生き方をしてきた輩が多いのよ。そういう連中と共に、厳しーい修行をしていると、こういう便利な技を教えてもらえることもあるのよ」

そんなことをいいながら厚い扉を開いた早雲は、中から取り出した桐箱の重みに、意味深な笑みを浮かべた。

まるで千両箱でも抱えているような、早雲の仕草に金八の喉が鳴った。

「それじゃあ金ちゃん、ご開帳といきますか」

「ああ、頼んだぜ」

「あいよ、テケテンテンテン……」

早雲はおどけながら桐箱を下に置き、一気にふたを開けた。

同時に金八と翔次郎が、提灯で桐箱の中を照らした。

「す、凄えっ！」

三人が声をそろえた。

桐箱の中には、二十五両の切り餅が二十個ほど積み上げられ、隙間にはむき出しの小判が放り込まれている。

まばゆい山吹色の輝きに、三人は固唾を呑んだ。

「うひゃー、本当にお宝発見だぜっ！」

「待てっ！」

翔次郎が、桐箱に手を突っ込もうとする早雲と金八を制した。

「な、なんだよ」

ふたりが声を揃えた。

「ざっと見て、中身は切り餅が二十個で五百両、バラの小判が二百両」

「ってことは、あわせて七百両だから、ひとり頭、えーと……」

「二百三十三両だ」

翔次郎が暗算で答えた。

「本当かよ。ギャハハッ」

金八が提灯を振りながら踊り出すと、お調子者の早雲が後に続いた。

「ふたりとも、舞い上がるのはまだ早いぜ」

「翔ちゃん、二百三十三両と聞いて、踊らないわけにはいかないっしょ」

早雲は踊りながらいい返した。

「早ちゃん、そうじゃねえんだ。こいつは俺たちが知っている、天保小判じゃねえんだよ」

金八と早雲の動きが、ピタリと止まった。

「え？　まさか……偽金か？」

金八が眉を八の字にしていった。

「偽金かもしれねえが、見たところこいつは慶長小判なんだよ」

「慶長小判？　なんだそりゃ」

金八がポカンと大口を開けた。

「その昔、大権現家康様が作らせた小判だよ。金が天保小判の倍も含まれているから、みてのとおりのでかさだ」

「確かにでかいけど、それがどうしたい。偽金じゃなけりゃ一両は一両でしょ、結構なことですよってえの」

　早雲は翔次郎の手を払い、桐箱から取り出した小判を一枚咥《くわ》え、再びおどけて踊り出した。

「そうか和尚、そういう態度をとるなら教えてやらねえっ」

　大金発見に舞い上がった早雲と金八が、まともに取り合おうとしないことに、翔次郎はヘソを曲げ、ぷいと横を向いた。

「あれ？　あれあれ？　そういういい方をされると気になるじゃない。このお宝を前にして、翔ちゃんは何がいいいたいのよ」

「知らねえっ！」

「わかった、このとおり、謝ります。だから教えてください」

　金八と早雲は横を向いた翔次郎の前で、拝むようにして手を合わせた。

「しょうがねえな。それじゃあ教えてやるが、こいつを両替屋に持っていくと、なんと慶長小判百両につき、天保小判百九十両と両替されるんだよ」

「百両が百九十両ってことは、七百両なら……」

「千と三百三十両だ」

「ヒエーッ……」

　腰を抜かした金八は、その場にへたり込んだ。

「だけど翔ちゃん、そんな大金、俺たち貧乏人が、両替屋に持ち込めるのか？」

早雲が金八を踏みつけて前に出た。

「できるわけねえだろ」

「じゃあ、どうしたらいいんだよ」

金八が翔次郎を見上げた。

「そうだな、傘徳の仁右衛門に頼み、両替してもらうしかないな。仁右衛門への謝礼が百両、半端な三十両は志乃吉にやっても、ひとり頭四百両にはなる」

「よ、四百両……」

今度は早雲が目を回してへたりこんだ。

「まあ、両替の話はあとだ。さっさとこいつを運び出して、いったいいくらあるのか、きっちり数えようじゃねえか」

翔次郎は桐箱を軽々と抱きかかえると、そそくさと地上につながる階段を目指した。

五

二日後の夕刻、翔次郎が艪を握った猪牙舟は、品川での法事を終えた早雲を乗せて大川を遡上していた。

「翔ちゃん、やっぱり品川はいいなあ。吉原はよ、粋だ、しきたりだってうるさくていけねえや。拙僧のような貧乏坊主には、どこか肥臭え品川あたりの岡場所が分相応ってもんだぜ。そうだ翔ちゃん、例の金の両替がすんで四百両が手に入ったら、絶対に遊びにいこうな。ナンマンダブ、ナンマンダブ」

早雲は艪をこぐ翔次郎を振り返ると、だらしない笑みを浮かべた。

「血とは、げに恐ろしきものか……」

「なんだよ、急に。拙僧の色欲はだな、十代前のご先祖様が原因なんだ」

「なんだ、そりゃ」

「ご先祖様が、とある檀家の後家さんを夜毎、大魔羅で責めたてていたところ、ある日、その最中に後家さんが昇天しちまったそうなんだ」

「かーっ、後家を突き殺したのか」

「ああ。以来、その後家さんの怨霊が色情の怨念となって、代々住職に取り憑いているというわけさ」

「おいおい、マジかよ」

「ああ、こう見えて俺だって、十歳を過ぎたあたりから、毎晩、淫夢に苛まれているんだからな。俺がいくら女を絶とうと思っても、無駄ってことなんだ」

「なんだかいい訳にしか聞こえねえが……ん？　和尚、あれはなんだ」

前方で何かを発見した翔次郎が指さした。

「ええ？　いきなりなんだっていわれても……」

「ああっ！　和尚、右だ、右っ！」

「だから、どこだよ」

早雲が船首から身を乗り出すと、水面を浮遊する黒い布が見えた。

早雲は左手で黒い布を摑むと、力任せに引き寄せた。

「翔ちゃん、まずいものを拾っちまったようだぜ。土左衛門だ」

早雲は土左衛門の着物を摑んだまま、右手を顔前にたてて念仏を唱えた。

「和尚、死体の前で俺の名を呼ぶなっ」

「え？」

「幽霊が俺の名を覚えたらどうするんだ」

翔次郎は慌てて艪を漕ぎ、薬研堀の元柳橋手前にある河岸に舟を寄せた。

河岸では、早雲と翔次郎の異様な動きに気づいた目ざとい野次馬が、すでにちらほら集まり始めていた。

「おう、どけどけっ！　道をあけやがれってんだ」

野次馬の腰のあたりをかき分けるようにして、漆仕上げで黒光りする十手が飛び出し、続いて金八の丸い赤ら顔が飛び出した。

「おう、金ちゃんじゃねえか、ちょうどいいところにきた。いまそこで、とんでもねえものを拾っちまったんだよ」

下船した早雲は、土左衛門を軽々と河岸へ引きあげた。

「なんだこいつ。首の骨が折れてるみてえだな、首がブラブラだぜ。てえことは土左衛門じゃなくて殺しか」

金八がいった。

溺死した水死体なら土左衛門だが、殺されて川に放り込まれたのだとしたら、土左衛門とは呼べなくなる。

翔次郎は何を恐れているのか、三間ほど離れた場所で腕を組んだまま川面を眺めている。

金八が俯せの死体を仰向けにすると、不安定な死体の顔が不自然に揺れた。

「間違いねえ、首の骨が折れてやがる。年の頃なら二十四、五歳、それにこの様子からすると、死んでからそれほど間がたってねえぜ」

死体は鼻筋が通り、月代《さかやき》は綺麗に剃りあげられているが、はだけた肩から刺青をのぞかせている。

「この刺青を見ると、職人かヤクザってところだな……ひえっ！」

金八が死体の顔を覗き込むと、まぶたの奥から突然、一匹の小さなシャコが飛び出した。

小さな悲鳴を上げて尻餅をついた金八は、尻餅をついたまま足をばたつかせてシャコを潰した。

「この様子じゃ殺されて丸一日というところだが、早ちゃんに翔ちゃん、決まりだからしょうがねえ。そこの橋番所までつき合ってくれ」

金八の言葉に、翔次郎の背中に虫が這うような悪寒が走った。


一刻後、橋番所での事情聴取を終えて放免となった早雲と翔次郎だったが、ふたりの機嫌はすこぶる悪かった。

ふくれっ面の早雲と翔次郎は、ひと言も話さずに大股で柳橋を渡り、左手の角にある「鰻鉄」の縄暖簾を肩で割った。

「親父、酒だっ！」

翔次郎は定席にしている小上がりに座るなり、あたり構わず大声で怒鳴った。

そして遅れて入ってきた金八が、申し訳なさそうに小上がりの前に立った。

「翔ちゃん、早ちゃん、そんなに怒らねえでくれよ」

「あららー、友達甲斐のない金八親分じゃござんせんか。まあだ、俺たちに何か御用ですかってんだ」

翔次郎が皮肉たっぷりにいった。

「御免、この通り、俺が悪かったよ」

「俺たちが大川でたまたま水死体をみつけ、岡に引き上げたのは善意からのことだ。にもかかわらず一刻も橋番所に留め置かれ、鬱陶《うっとう》しい狸顔のクソ同心に、痛くもねえ腹を探られるってのはどういうわけだ」

　翔次郎は金八にあたりちらした。

　こういう面倒事が起きたとき、江戸庶民は橋番所の同心に心付けを渡して放免してもらうのが常であり、生活の知恵というものだった。

　それを知らない翔次郎と早雲ではないが、あまりに偉そうに振る舞う同心の態度は許し難く、質問にひと言も答えず、心付けもビタ一文出そうとしなかった。

　そうなると橋番所の同心も意地になり、ますます高飛車に怒鳴り散らした。

　そんな険悪な空気を見かねた金八は、つい自分の懐から二分銀を取り出し、同心に渡してしまった。

　だが早雲と翔次郎は、なによりその行為が許せなかった。

「ふたりとも、ごめんなさい。このとおり、俺が悪かったっす」

「けっ、二分といったら、蒲焼き十人前の代金だ。あの狸同心、何様だと思ってやがる」

「そうだ、翔ちゃんのいうとおりだ。奴はただの狸だっ」

早雲が調子を合わせた。

「俺たちが下手人じゃねえことをわかっているくせに、ネチネチネチネチ同じことを聞きやがって。ありゃあ、不浄の上に不良のつく役人だ。それなのになんでお前は、あんな腐れ外道に二分も払いやがったんだっ！」

「そうだよ。金ちゃんは岡っ引きになって金回りがよくなったかもしれねえが、二分といえば一両の半分だ。二八蕎麦なら百杯は食べられる大金だぞ。それをあんな不浄役人に渡す理由なんて、どこにもねえだろう」

「和尚、こいつは岡っ引きになって心付けに慣れちまい、貧乏暮らしの辛さ、金の大切さを忘れちまったんだよ」

翔次郎は、ぺこぺこと頭を下げ続ける金八の月代をひっぱたいた。

「痛っ、そんなことねえよ。だからこうして、謝ってるじゃねえか……」

「うるせえっ！　御免で済むかっ！　お前みたいな奴がいるから、ああやってつけ上がる腐れ役人が、調子に乗っちまうんだよ」

「でも翔ちゃん、ああでもしなきゃ……」

土間に額を擦りつけた金八の肩が小刻みに震えだし、嗚咽《おえつ》を漏らした。

金八の涙が土間を濡らすのをみた途端、翔次郎は気が抜けたように項垂《うなだ》れた。

翔次郎は女の涙にも弱いが、男の涙にはもっと弱かった。

「金ちゃん、わかった、もういいよ。金ちゃんも早く座れや」

「そ、そうはいかねえ。このとおりだっ」

金八は土下座を直そうとはしなかった。

「金ちゃん、みっともねえ真似は止めろよ。偉そうな同心にはムカついたけど、俺たちも退屈してたし、まあまあ、おもしろかったからさ。親父っ、酒だっ！」

今度は早雲が怒鳴った。

いつもなら三人が来店すれば、店主の美濃吉が黙って肝焼きと二合の大徳利を三本載せた盆を抱えて姿をみせるのだが、今日は娘のお菊が現れた。

お菊は娘といっても、美濃吉の後添いの連れ子で実子ではない。

今年で十八になったお菊は、普通の娘だが一応目鼻立ちは整っているし、人なつっこくて明るい性格が客に受け、この店の看板娘となっていた。

「あれあれ、金ちゃん、今日はいきなりお菊ちゃんの登場だぜ」

早雲の声に顔を上げた金八は、お菊の顔を見て耳まで真っ赤に染めた。

お菊と金八が好き合って一年になるが、いずれふたりが夫婦になることは、養父の美濃吉の願いでもあった。

にもかかわらず金八が、真冬にひとつだけ枝に残った柿のように顔を赤らめたのは、初めて女に惚れた男の純情だった。

「翔次郎様、和尚様、お父っつぁんは鰻の仕入先の漁師さんが、流行風邪を患って寝込んでいるとかで、一昨日、浦和までお見舞いにでかけているんですよ」

お菊はそういいながら、三人の前に大徳利とそれぞれ愛用の茶碗を置いた。

「浦和？　ここの鰻が浦和からの旅鰻とは知らなかったな。お菊ちゃん、最近じゃ鰻も、江戸裏だの旅鰻だのが当たり前になっているが、鰻はやっぱり品川界隈か、俺たちが釣ってくる大川の江戸前が一番だよな」

早雲は根拠のない自説をもっともらしく披露した。

「そういえばお父っつぁんが出かける前、裏の井戸端で翔次郎様たちが納めてくださった鰻を生け簀に移していました」

「お菊ちゃん、俺たちはそいつを食いに来たんだよ」

金八がようやく口を開いた。

「あら、金八さん、忘れちゃったんですか」

「えっ……なんだっけ」

「鰻はね。捕り立てては脂がのりすぎて泥臭いんですよ。だからきれいな水を張った生け簀で泥を吐かせ、エサを与えずに三日ほどおくんです。すると泥臭さと脂がほどよく抜けて、塩梅がよくなるんですよ。本当にすぐ忘れちゃうんだから」

お菊はフグのように頰を膨らませ板場へと向かった。

ばつが悪そうに頭を掻く金八は、お菊が板場の暖簾を潜るのを見届けてから、ようやく翔次郎の隣に座った。

六

しばらくの沈黙の後、早雲が口を開いた。

「翔ちゃん。さっきの死体なんだけどさ、橋番所にいた下っ引きが、背中のドクロとカラスの刺青を見てどうこういってたろ？」

「名は銀治郎、内藤新宿の旅籠で女衒《ぜげん》の真似事をしている」

「なんだ、翔ちゃん、知っているのか？」

「俺の傘は、柄に滑り止めを施してあるんだが……」

「持ち手に巻いてある、三つ編みの細いひものことだろ」

「上から漆を塗っちまうからわからねえかも知れねえが、あれは女の髪なんだ」

「げげっ、本当かよ。だけどそれと銀治郎がどう関係するんだよ」

金八が前のめりになった。

「浅草のかもじ屋に紹介されて取引を始めたんだが、その髪を納めてくれているのが銀治郎だ。俺も野郎に会ったのは、半年ほど前の一度きりだ。納めてくれた髪は艶やかな上物だったが、見るからに遊び人風の優男だった。年に二度、髪を納めるという約束で、本当ならそろそろ現れるはずだったんだがな」

「翔ちゃんはあの死体をみて、銀治郎だって気づかなかったのかよ」

「俺はずっと、そっぽを向いていたからなあ」

翔次郎はバツが悪そうに天井を仰ぎ、肝焼きを囓った。

「金ちゃん、翔ちゃんの幽霊嫌いを忘れちまったのかよ。あの死体を見つけたときだって、俺が翔ちゃんって呼んだだけなのに、幽霊が俺の名前を覚えたらどうするんだって、マジな顔で怒りやがったんだぜ。ギャハハハハ」

早雲は腹を抱えて笑い出したが、金八は翔次郎の紅潮して今にも爆発しそうな顔に笑いをかみ殺し、話題を変えた。

「和尚、いい加減にしろよ。それより翔ちゃん、内藤新宿の旅籠ってのは……」

「富士屋だ。奴はそこの倅で、旅籠の飯盛り女を調達する女衒が本業だ」

翔次郎は茶碗の酒をもう一口すすった。

「おいらは明日にでも富士屋に行ってみるけど、翔ちゃんも一緒にどう？」

「おいおい、俺を巻き込むなよ。面倒はごめんだぜ」

「ええ？　髪の仕入れが滞って困るのは翔ちゃんだろうが」

「それはそうだが、髪の仕入れ先などいくらでもある」

ともかく翔次郎は、これ以上つまらない事件に関わりたくなかった。

「人の一生は因果応報。銀治郎が殺されたのは、奴に売り買いされた女たちの怨霊、あるいは生き霊が関わっているのかも知れねえな。そうなると翔ちゃんに売った黒髪にしても、さぞかし阿漕《あこぎ》な真似をして手に入れたに違いねえ。あの髪には、悲しい女たちの怨念がこめられていたとしても、不思議はねえな」

早雲は翔次郎をからかうように、不気味な笑みを浮かべた。

「和尚、くだらねえこというなっ！」

翔次郎は早雲に、持っていた肝焼きの串を投げつけた。

「ナンマンダブ、ナンマンダブ……」

早雲は突然立ち上がると、念仏を唱えながら股間を押さえて厠《かわや》に向かった。

それを見た金八が、翔次郎に耳打ちした。

「翔ちゃん、話は変わるが、神田の三崎神社前の茶店の娘を覚えているかい」

「ああ、和尚が一目惚れしたお千代だろ」

「あのお千代はさ、獄門になった播磨屋の富蔵の娘なんだ」

「なに？　嘘じゃねえだろうな」

「娘といっても富三と妾の間にできた子だけどな」

「それがどうしたというんだ」

「それがよ、富三が獄門になったら借金取りが押しかけてきて、借金のカタで吉原の『松本楼』に売られちまったんだってよ」

「あの富三が借金？　妙な話じゃねえか」

「なんでも富三は、裏で米相場に手を出していたとかで、かなりの借金があったみてえなんだ」

「和尚はそのことを知ってるのか」

「いえるわけないっしょ」

金八は厠から戻った早雲の気配に気づき、慌てて翔次郎から体を離した。

「おい和尚。悪い知らせだ」

「翔ちゃん、ま、まずいよ」

金八は翔次郎の口の前に人差し指をたてた。

「なんだ、金ちゃん。おやすくねえなあ」

席に戻った早雲は、袈裟の裾で手を拭きながら金八を睨みつけた。

「いいか和尚、心して聞けよ」

翔次郎は早雲の茶碗になみなみと酒を注ぐと、金八の背中を力任せに叩いた。

「な、なんだよ。翔ちゃんがいうんじゃねえのかよ」

翔次郎の無言の一撃が、もう一度金八の背中を襲った。

「早ちゃん、じつはお千代のことなんだけど」

「んん？」

何も知らない早雲は茶碗の酒をすすりながら、上目遣いで金八を睨んだ。

「今朝、父親の富三の借金のカタで、吉原の『松本楼』に売られちまった」

早雲が目を剝《む》き、右眉だけを大きくつり上げた。

早雲がこの癖をみせたとき、翔次郎でも押さえきることはできない。

仁王立ちになった早雲は、徳利の酒をがぶがぶと飲み干した。

「金ちゃん、嘘だったら承知しねえからな。グウェーップッ」

「う、嘘じゃねえよ」

顔面蒼白で見上げる金八の額に、早雲は人差し指を当てた。

「いいか、承知しねえからなっ！」

金八を睨みつけた早雲は念を押し、脱兎のごとく店を飛び出した。

「酷えよ、翔ちゃん。和尚、本気で怒ってたぜ」

「お千代が売られたのが今朝なら、まだ客を取らされるわけがねえ。お千代が客をとらされてから知ってみろ、それこそ金ちゃんは殺されちまうぜ」

「そりゃあ、そうだけど……」

「いいか、話は単純だ。お千代は銭で買われたんだから、和尚がどうしてもお千代を欲しけりゃ買い戻せばいい。違うか？」

「そりゃそうだけど、『松本楼』は俺たち貧乏人には敷居の高い惣籬《そうまがき》だぜ」

「ええ？『松本楼』って、半籬じゃなかったっけ」

「違うよ、総籬の一流店だ。身請けするったって、いくらになるんだか」

「和尚のあの剣幕なら、多少はまかるんじゃねえか。ま、奴の報告を待とうじゃねえか。な、飲め飲め」

翔次郎が金八の茶碗に酒をつごうとすると、縄暖簾の向こうから強い麝香《じゃこう》の匂いが漂ってきた。

翔次郎が何の気なしに視線を移すと、すでに悪酔いしているのか、目の据わった志乃吉が縄暖簾をかき分け、ふらつきながら入ってきた。

「あーら、翔次郎様ったら、ご機嫌ですねえ。ヒック」

志乃吉は全身から邪鬼とも妖気ともつかぬ、おぞましい気を放っている。

焼き上がった鰻を盆に載せ、板場から姿を覗かせたお菊を見た翔次郎は、志乃吉に向かって大げさに手招きした。

「おう、志乃吉姐さん、いいところにきた。ささ、ここに座ってくれ」

「触らぬ神に祟りなし。それじゃあ、おいらはここで」

金八が思わず腰を上げようとすると、志乃吉が金八の帯をむんずと摑み、半分浮いた尻を引き戻した。

悪酔いした志乃吉の愚痴と文句を一方的に聞かされるだけで、一切口答えの許されぬ、悪夢のような夜が始まった。


翌朝、翔次郎が傘の柄に漆を塗っていると、腰高障子を不躾に叩く音がした。

「朝っぱらから何用だっ！　誰か知らねえが、閂《かんぬき》はかかっていねえぜっ！」

漆塗りの作業に集中していた翔次郎は、不愉快そうに怒鳴った。

すると腰高障子が乱暴に引かれ、泣きべそをかいた早雲が仁王立ちしていた。

「翔ちゃん、頼む。金を貸してくれっ！」

早雲はそういうと、玄関先にへたり込んで泣きだした。

早朝の珍事に、表では物見高い長屋の住人が集まりだした。

翔次郎は慌てて玄関先に走り、へたり込む早雲の腕を摑んで一気に引きずり込むと、野次馬に愛想笑いしながらピシャリと戸を閉めた。

「和尚、いいから泣くなっ！」

翔次郎は泣きじゃくる早雲の坊主頭をひっぱたいた。

お千代を身請けしようと松本楼にいったはいいが、大方、法外な値をふっかけられたのだろう、早雲の子供じみた取り乱しように翔次郎は呆れた。

「翔ちゃん、お千代を身請けするんだ。四百両貸してくれっ！　頼むよう」

「いいから少し声を落とせ」

翔次郎は早雲の口を右手で押さえ、耳許で囁《ささや》いた。

「お千代の身請け代は、いくらといわれたんだ。四百両か？」

口を押さえられた早雲は、激しく顔を左右に振った。

「じゃあ、いくらだ。小声で話せるか？」

早雲は何度も頷いた。

「よし、じゃあ、手を離すからな、小さい声で話すんだぞ……」

早雲がうなずくと、翔次郎はゆっくりと手を離した。

「千二百両っ！」

長屋に早雲の叫び声がこだました。

七

半刻後、翔次郎、早雲、金八は、例によって永徳寺の本堂で車座になった。

「金ちゃん、翔ちゃん、いいじゃねえか。お千代は親父の借金千両のカタで売られちまったんだ。あの金はもともとお千代の親父、富三の金じゃねえか。その金でお千代を救えるんだからよう」

　早雲は金八ににじり寄った。

「和尚、お千代みてえな小便臭え小娘に千二百両はねえだろ。千二百文の間違いじゃねえのか」

　金八はそっぽを向いた。

「金ちゃん、どういう意味だ」

「吉原の惣籬ともあろうものが、あの女に千両の値をつけるわけがねえっていってんだよ。早ちゃんはからかわれたんだよ」

　金八は裾を引っ張る早雲の手を無理矢理払った。

「そうか、わかった。金ちゃんはそういう男だったのか、鬼っ！　ケチっ！　守銭奴っ！　手めえなんか友達じゃねえ」

　そう叫んだ早雲はぷいと横を向き、そのまま金八と翔次郎に背を向けた。

「和尚、少し冷静になってくれよ。この話、お前さんは妙だと思わねえのか」

　翔次郎の言葉にも、早雲は背を向けたまま振り返らない。

「そうだよ、お千代は確かに早ちゃんが惚れるだけの女っぷりだ。だが千二百両は法外だぜ。二十両、いや十二両でも高いぜ」

　金八は両手の指を折って、わけのわからぬ計算をした。

「俺はそんなことをいっているんじゃねえんだよ。播磨屋の富三の娘が苦界に身を沈めたってのに、知らんぷりしてあの金を猫ばばしたんじゃ、夢見が悪いだろうっていってるんだよっ！」

振り返った早雲は、坊主頭をガシガシ掻きむしりながら叫んだ。

「それは確かに……」

涙もろい翔次郎の鼻奥が、つーんときな臭くなった。

だがそれを察した金八は、翔次郎の同情を断ち切るようにいった。

「夢見が悪いだの猫ばばだの、人聞きの悪いことをいうんじゃねえよ。昨夜、俺はあの金をあてにして、品川の岡場所で豪遊したがこの通りなんともねえぜ」

「金ちゃんっ、クソ意地悪いことというなよ。頼むよ、一生のお願いだよっ！」

「だから早ちゃん、少し頭を冷やせって」

金八はにじり寄って袖を摑む、早雲の手をピシャリと叩いた。

「そうか、金ちゃん、それなら俺にも考えがあるぜ。真言密教の奥義、呪いの秘術をお前さんにかけてやるからなっ！」

「な、なんだよ、真言密教って、早ちゃんは浄土宗の坊主じゃねえのかよ」

ふたりのやりとりを聞いていた翔次郎が、ぽつりとつぶやいた。

「金ちゃん、前にお千代は播磨屋のなんとかいう番頭とできているって、いってなかったか」

翔次郎のつぶやきに、すぐに真意を察した金八が答えた。

「ああ、駒吉のことだろ」

「そうそう、駒吉だ。先月だったか、富蔵が鰻鉄にきたとき、近いうちふたりに祝言を挙げさせるって、嬉しそうに話してたんだ……」

嘘も方便というが、こんなたあいもない嘘で、早雲の頭に上った血が下がり、お千代を諦めてくれればそれに越したことはない。

「本当かよ。ガハハハ、早ちゃん、聞いたか？　お千代は駒吉と夫婦になるはずだったんだってよ。早ちゃん、そんなことも知らねえで、千二百両もだして身請けをしようって、正気か？　とんだ道化だぜ。ギャハハハッ」

金八はその場で仰向けに転がり、手足をバタバタさせながら馬鹿笑いをした。

その脇でがっくりと項垂れた早雲が、背中から明らかな殺気を放った。

「うるせえっ！」

早雲は笑い転げる金八に飛びかかった。

翔次郎はそんなふたりに、苦笑いしながら本堂を出た。

夕刻、内藤新宿の旅籠富士屋を出た金八と翔次郎は、雑踏の中を四谷の大木戸に向かっていた。

「やっぱり、あの死体は銀治郎で間違いなかったな」

昨夜、奉行所に呼ばれた富士屋の女将で銀治郎の母親のおたねは、翔次郎たちが拾った遺体を息子の銀治郎と認めていただけに、突然、不躾に訪ねてきた金八と翔次郎に対し、不快感を露骨に表わした。

とはいえ金八がしたいくつかの質問に、おたねは正直に答えてくれたこともあり、素直な金八はそんなおたねに感謝した。

だが翔次郎は違った。ひとり息子を失ったにもかかわらず、哀しみをおくびにも見せないおたねに違和感を抱いていた。

金八はおたねにみせた刺青の写しを懐から取り出し、しげしげと眺めた。

「金ちゃん、そんな物、とっとと仕舞えよ。それにしても内藤新宿ってのは、とんでもねえ場所だぜ」

「急にどうしたんだよ」

「いや、さっき客引きに出ていた飯盛り女が、俺の右手を摑んだと思ったら、いきなりその手を手めえの股ぐらに引き込みやがったんだ」

翔次郎はそういって右手をぶるぶると振り、汚いものを拭くように金八の羽織の袖になすりつけた。

「な、何しやがる、汚《きたね》えじゃねえか」

金八はその手を振り払い、大げさに体を震わせながら辺りを見回した。

「金ちゃん、あの歯抜け婆、やっぱりおかしいと思わねえか……」

翔次郎は般若のような、おぞましく業の深いおたねの顔を思い出した。

「銀治郎の親父は、十年以上も前に死んじまったっていってたよな」

「どこまで本当かわからねえがな」

「翔ちゃん、女の髪の件を話さなかったけど、よかったのかい」

「まあな。あの婆の顔を見たら、聞く気がなくなっちまった」

「ふーん、俺はお役目だから仕方がねえけど、やっぱり翔ちゃんはこれ以上、この件に首をつっこまねえほうがいいかもしれねえな。富士屋の飯盛り女が恨めしそうにいってたぜ、銀治郎は殺されて当然だってよ」

金八は両手で自分の首を絞める真似をした。

「大切な娘を無慈悲に銭で買っていく女衒が、感謝されるわけはねえからな」

金八はそういう翔次郎の肩をぽんぽんと叩き、十手の先で首筋を軽くなでた。

ほどなくして四谷御門を抜けたふたりが、その先にある心法寺にさしかかったところで、意外な人物から声をかけられた。

「翔次郎さま……」

傘徳の主人仁右衛門だった。

「なんだ仁右衛門さんじゃねえか、奇遇だなあ」

金八が応えた。

「これはこれは、金八親分もご一緒でしたか」

仁右衛門は、小柄な金八が翔次郎の陰に隠れていたので、その存在に気がつかなかった。

「どうせ俺はチビだよ。チビで悪かったな」

「金ちゃん、くだらねえことというなよ。仁右衛門さんは仕事かい」

「はい。この近くのお得意に、注文の傘を納めてきたところなんですが、まもなく暮れ六つでございます。金八親分、いかがです、この先の鰻屋で一杯」

「この先の鰻屋ってえと……」

「将軍家御用達の丹波屋でございますよ。最近は品川あたりで鰻が捕れなくなり、千住あたりの江戸裏から鰻を仕入れている店が多いようですが、あすこの鰻は正真正銘の江戸前です。ふっくらとろけるような蒲焼きは、まごうことなき江戸一番。神田明神下界隈の鰻屋とは、わけがちがいますからね」

「ほう、柔らかいって、鰻鉄より柔らかいのか」

「翔次郎様、鰻鉄の美濃吉さんってのは、武蔵府中宿に大國魂神社って神社がありましてね、その鳥居近くで川魚料理をふるまう『大國屋』という料理茶屋のご主人だったんですよ」

「武蔵府中宿？」

「ええ、甲州街道をここから西へ、五里ほどいった宿場町です。美濃吉さんは、江戸の名だたる店の鰻は全部食べたと仰ってますが、あすこの蒲焼きは江戸前のそれとは、ちょいと趣が違うというか……」

「ほう、何が違うんでい」

「たとえばタレですが、江戸前は野田の生醤油とミリンを使います。だけど鰻鉄では溜まり醤油と生醤油、そしてミリンと酒を混ぜて作るそうです」

「なるほど、だからよその鰻屋よりタレの色が濃いのか」

「翔次郎さまたちのように、お若い方は汗をかく量も多ございましょうから、塩辛い方が美味しく感じられましょう。でも私くらいの歳になりますと、鰻鉄のタレはちょっとばかり……」

仁右衛門は声を潜めると、顔の前で小さく手を振った。

「だが武蔵府中宿くんだりの料理茶屋の親父が、なんだって江戸で鰻屋なんか始めたんだ」

金八が小首を傾げた。

「なんでもいまから五年ほど前、美濃吉さんの店が火事を出してしまったそうでして、店は丸焼け、家族全員が亡くなったそうです」

「本当かよ」

「美濃吉さんに直接うかがった話ですからね。なんでもその日、美濃吉さんは賭場にでかけていて命拾いされたそうですがね。最初のうちは店の再建を考えたそうですが、やはり家族全員を失うとねえ……おお、半蔵御門が見えてまいりました、そろそろ丹波屋に到着ですよ。ほら左手にみえる立派な瓦屋根の建物、あすこが丹波屋です」

　仁右衛門が指さした。

「さすがは将軍様御用達だ。いかにも敷居が高そうな店構えだな」

　金八は帯から十手を引き抜いた。

「親分、そんな物騒なものはしまってくださいませ」

　仁右衛門は年寄りとは思えぬ膂力《りょりょく》で翔次郎と金八の背を押し、白文字で「丹波屋」と染め抜かれた濃紺の暖簾を潜った。

八

　翌日の昼、翔次郎は神田で買ったいなり寿司の包みをぶら提げ、永徳寺の山門を潜った。

先日、できあがった四十九本の蛇の目を引き取りに来た「傘徳」の番頭から、三月後までに三十一本の蛇の目の注文を受けた。

今回、一本とはいえ納品の約束を違えてしまった翔次郎は、同じ轍は踏むまいと早々に材料を買いに出たのだが、結局、足は逆の永徳寺に向いていた。

気持ちはあるがギリギリまで動こうとしないのは、翔次郎の悪い癖だった。

山門を潜ると、本堂に上がる階段に腰掛ける金八の姿が見えた。

「どうした、金ちゃん。浮かねえ顔して、痔でも出たか」

翔次郎はそういって大小を鞘ごと帯から抜くと、金八の脇に腰掛けた。

鬱蒼《うっそう》とした永徳寺の鎮守の森から蜩の弱々しい鳴き声が聞こえ、その泣き声をかき消すような早雲のイビキが、背後の本堂で響いている。

「翔ちゃん、殺された銀治郎のことなんだが……」

「なんかわかったのか」

「ああ、銀治郎の阿漕な真似がな……」

「ま、俺にには関わりのねえことだが、野郎、どんな悪さをしていたんだ」

翔次郎はそういって、いなり寿司の包みを解いた。

するとと本堂で響いていたイビキが突然止んだ。

そして引き戸がゆっくりと開き、早雲がクンクンと鼻を鳴らしながら現れた。

「いい匂いがしやがると思ったら、そいつだったのか」

本堂から出てきた早雲は翔次郎の隣に座ると、包みを解かれたいなり寿司をつまみ、丸ごと口中に放り込んだ。

「うめえぞ。金ちゃんも、ゴチになっちゃえよ」

「そうだな」

金八は気のない返事をしながらも、両手にひとつずついなり寿司をつまんだ。

「金ちゃん、銀治郎の阿漕な真似がどうとか聞こえたけど、なんのこったい」

「早ちゃんには関係ねえよ」

「あれれ？　そういういい方は冷てえんじゃねえの。銀治郎ってのは、俺が大川から引き揚げてやった仏じゃねえの？」

「ふたりともいい加減にしろ。話はあとだ。まず、こいつを食っちまおうぜ」

翔次郎が呆れ気味にいった。

「そりゃそうだ。それじゃあ、拙僧が茶を持ってまいるとしよう」

早雲は裸足のまま境内から飛び出し、庫裏に向かって走った。

それからほどなくして、翔次郎が買ってきた二十一個のいなり寿司は、跡形もなく平らげられた。

「しかし翔ちゃんは偉えやな。俺なら切りのいいところで二十個にしちまうが、二十一個だったから喧嘩にもならず、きっちり七個ずつ分けられたものな」

早雲はいなり寿司の脂で濡れた、五本の指を舐めながらいった。

「なあに、俺が二十個といったら、店の女将が一個おまけしてくれただけのことだ。それにしてもこの和尚は、昨日までお千代のことで泣きべそかいて、酒も喉を通らなかったくせに、番頭と夫婦になるはずだったことを知るやこの食欲だ。金ちゃん、こういう無節操な和尚はかまわねえで、さっそく銀治郎の話を聞こうじゃねえか」

翔次郎はいなり寿司を包んでいた竹の皮を丸め、本堂の中に投げ捨てた。

「おいおいおい、それはねえだろう」

慌ててゴミを拾いに行く早雲を無視して、金八が話し始めた。

「銀治郎にはさ、日野と八王子あたりを根城にしている闇烏とかいう、無宿人の盗人仲間がいて、そいつらがさらってきた娘を江戸の岡場所に売り飛ばすのが、銀治郎の役目だったみてえだ」

金八は冷たくなった茶をすすった。

「自分とこの、飯盛り女を買ってくるだけじゃねえのか」

「旅人を狙った追いはぎが本業みてえだが、これと狙った百姓娘をみつけると、米の収穫後を狙って納屋に火をつける。年貢米を燃やされた百姓は、仕方なく銀治郎に娘を売るってわけだ」

「畳の上で死ねねえわけだな」

「翔ちゃん、問題はその後だ。銀治郎は娘を売った家に押し込んで一家を皆殺しにし、支払った代金を奪って火を放つ。そうやって家を焼かれた百姓は、今年だけでも五件を数えるそうだ」

「なるほどな。だがそんな女衒の話は珍しい話でもねえだろう」

　翔次郎は空の煙管を咥えた。

「なんだ翔ちゃん。冷てえいい方をするじゃねえか」

「別にそういうわけじゃないが……」

「翔ちゃんが仕入れた女の髪がよ、そうやって闇烏の一味に襲われた女たちの髪と知っても、そんないい方ができるのかっ！」

　金八は喧嘩腰でいった。安っぽい正義感だが、やはり金八は十手持ちだった。

「なにを証拠に、そんなことがいえるんだ」

「先月、武蔵府中宿の百姓家が焼けたんだが、突然の大雨で火が消え、代官所の役人が調べに入ったところ、首を落とされた亭主と、髪を切られた女房と十歳ほどの娘の死体がみつかったんだってよ」

　煙管の口金を噛む翔次郎の歯が、ギリギリと不気味な音を立てた。

「そこまでわかっていて、なんで奉行所は闇烏をお縄にしねえんだ」

「銀治郎以外に、武州無宿の甚八と米蔵、九助という名もわかっているし、こいつらがたまに江戸に現れては、豪勢に遊び回っていることもわかっている。だが所詮は、江戸の朱引きの外の話だから、町奉行所にはどうにもならねえんだよ」

「代官所や八州廻りは何をしてやがるんだ」

「俺が聞いた話じゃ、奴らがやったって証拠がねえんだとよ」

「証拠だと？　そういう野郎はとっとと捕まえて、きつめのお調べで自白させるのが、役人のやり方じゃねえのかい」

「まあな。噂じゃこいつらも、銀治郎と同じドクロの刺青を背負っているそうだが、実際に見た奴はいねえ。代官所としては、八州廻りが奴らを野放しにしているのに、下手に手は出せねえってことらしい」

　切り捨て御免の八州廻りが、そこまで正体がわかっている闇烏を野放しにしているというのは妙な話だった。代官所と町奉行所、八州廻りをあずかる勘定奉行所の間で、なんらかの事情があるとしか思えなかった。

「あの野郎……」

　翔次郎は咥えていた煙管を両手で持つと、羅宇《らお》をまっぷたつにへし折った。

「府中宿に、銀治郎が顔を出していた居酒屋があるそうなんだ。俺は明日、府中宿に行ってみるけど、翔ちゃんはいかねえよな」

「ああん？　行くに決まっているだろうがっ」

翔次郎はうつむいたままなので、その表情はわからない。

だが貧乏揺すりで激しく揺れる両膝が、その心中の怒りを物語っていた。

「なんだ、ふたりとも行くんなら、俺も行くぜ」

早雲はまるで話がわかっていないのか、嬉しそうに金八の肩を叩いた。


夕刻、翔次郎たち三人は鰻鉄に集合した。

先日、傘徳の仁右衛門から美濃吉が武蔵府中宿にいたことを聞き、不案内な武蔵府中宿の話を聞いておこうということになったのだ。

「親父さんは武蔵府中宿で料理茶屋をやっていたそうだが、あのあたりの鰻はうまいのかね」

小上がりの卓に大徳利を置いた美濃吉に、翔次郎が聞いた。

「翔次郎の旦那、武蔵府中宿にはね、六郷川の上流にあたる玉川という清流があるんですよ。この川で捕れるアユにヤマメにコイ、川エビなんてのもいけますがね、もちろん鰻もたくさん獲れます。でも旦那方、あたしが武蔵府中宿にいたことをなんでご存じなんですか」

美濃吉の眉間に、深い皺《しわ》が刻まれた。

「昨日、仁右衛門殿と麹町の丹波屋に行ったのだが、そこで仁右衛門殿が教えてくれたのだ」

「ええ？　丹波屋さんといったら鰻屋番付の横綱、将軍様御用達ですよ。あたしも一度だけ食べたことがありますが、あそこの蒲焼きのうまいのうまくないの、ああ、わかりました。皆さんでうちの鰻の悪口をいっていたのでしょう」

美濃吉は眉間に皺を刻み、不快感を露骨にあらわした。

「親父さん、勝手に話を作って怒るなよ。それより俺たちは、明日、お役目で武蔵府中宿にいかなきゃならねえんだ。親父さんも知っての通り、色狂いの和尚同伴では先が思いやられるじゃねえか」

金八がジロリと早雲を睨んだ。

それを見た翔次郎が話を継ぎ、美濃吉に金八の隣に座るように促した。

「それでだな、どうせなら土地に明るい親父さんに、いい旅籠やら名物やらをたずねておこうと思ってきたのだ。ただ……」

「ただ、どうされました」

「なに、親父さんが思い出したくねえことも、あるんじゃねえかと思ってな」

翔次郎は声をひそめた。

「ああ、そのことですか、遠い昔のことですよ。私が傘徳さんに過去を話したのも、きっちり心の整理がつけばこそです。しかし府中くんだりまで、わざわざお出かけになる野暮用というのも気になりますな」

金八の隣の席に着いた美濃吉は、そういって翔次郎に徳利を差し出した。

翔次郎は金八が頷くのを確認してから、これまでのいきさつを説明した。

「私の留守中に、翔次郎様たちが大川で死体を見つけたという話は、お菊から聞いておりましたが、その銀治郎とかいう奴はとんでもねえ野郎ですね」

「ああ、野郎はだいぶ前から、府中界隈でも阿漕なまねをしていたようだが、親父さんは聞いたことないかね」

「私が店を焼かれ、家族を殺されたのは、五年も前のことですからねえ……」

「家族を殺された？」

美濃吉の意外なひと言に、金八がすぐに反応した。

「いや、それはその……」

「親父さん、気になるじゃねえか。よかったら事情を教えちゃくれねえか」

金八は両手を卓について、うつむく美濃吉の顔を覗き込んだ。

「わかりました、金八親分。じつは五年前の店が焼けた日の翌朝、私が賭場から戻りますと、お役人が女房と娘の骸《むくろ》を運び出すところでした。そのときに私はこの目でみたんです。お役人が俯せになった三人の骸を起こしたとき、焼け残っていた着物の胸が、固まった血で真っ黒だったことを……あれは焼ける前に、胸を刺されていた証拠です」

俯いた美濃吉は、肩を震わせた。

「なるほどな。だが親父さん、それなら代官所だって怪しんだんじゃねえのか」

「わたしの実家は、八王子で酒問屋を営んでおりまして、親父が残してくれた二百両を元手に、府中宿で料理茶屋を始めたのが二十年前、私が二十八のときのことでした。あの府中って宿場町は歴史がある分、とても閉鎖的というか、ヨソ者には住みにくい場所でしてね、あたしのような八王子から来た新参者には、味噌ひとつ、売ってくれないようなところがあるんです」

「だが十五年も店をやっていたんだろ。町の者の態度も変わるんじゃねえのか」

「とんでもございません。八王子の商い仲間の協力もあればこその話です。開店して五年ほど経った頃、ようやく経営が順調になりましたが、そうなると同業の者から客を横取りしたって、ネチネチ苛められたものです」

「まさか、料理茶屋を燃やしたのは町の奴ら……」

「代官所が事故で済ませりゃ、誰も何もいわなくなっちまいます。裏で地元の古株たちの思惑が働いていたとしても、おかしかありませんよ」

「そうか。やっぱり嫌なことを思い出させちまったようだな」

「いえいえ金八親分。先ほども申しましたとおり、過ぎたことでございます。そうそう、府中宿の手前に八幡宿という宿場がありまして、甲州街道沿いの右手、北側に中屋という旅籠がございます。こちらは一泊二食つきで二百文と高めでございますが、主人の平兵衛さんも宿も料理も、折り紙つきでございます。鰻の蒲焼きは田舎料理丸出しですが、鮎は絶品です。ぜひ行ってみてくださいな」

「そうかい、よし泊まりは中屋で決まりだな」

翔次郎は杯を美濃吉に渡すと、徳利を差し出した。

第二章　武蔵府中宿

一

翌朝、三人は甲州街道を一路、府中宿へと向かった。

内藤新宿から武蔵府中宿までは五里あまり、女の足でも一日あれば十分な距離だが、この三人にはそんな常識が通じない。

江戸を出て一日半が経ち、すでに暮れ六つを迎えようとしているにもかかわらず、三人はいまだ布田宿の手前を歩いていた。

「だいたいその格好は何だよ。翔ちゃんは着流しで、早ちゃんは作務衣。それが旅する格好かよ」

手甲に脚絆まで巻いた旅装束の金八が、不満げにいった。

「なにをいってやがる。武蔵府中宿までは一日で十分といったのはお前じゃねえか。

だからこっちだって普段の格好で十分と思ったんだ。お前だけ大げさな格好しやがって、縞のカッパに三度笠って、お前は股旅か。な、和尚」

着流しに草履履きでだらだらと歩く翔次郎は、隣の早雲の肩を抱いた。

「いいか翔ちゃん、お江戸日本橋七つ立ち〜って歌があるだろう。旅の出立ってえのはよ、朝の七つ（午前四時）ってのが相場なんだよ。なのに出立からして五つ（午前八時）、しかも下高井戸宿まで半日がかりって、五歳の子供だってとおり過ぎちまうってんだよっ！」

金八は口から大量の唾を飛ばした。

「バーカ、飛脚じゃあるめえし、いい歳こいてあくせく歩けるかってえの」

翔次郎はそんな金八がうるさそうに、耳の穴をほじった。

「昨日だって宿場に着くなり、旅籠探しもしねえで居酒屋に直行だ。たまたま旅籠があいていたからよかったものの、今朝は今朝で二日酔いで休み休みのだらだら旅。布田の宿まで、まだ着かねえときてやがる。もう少し、しゃきしゃき歩けねえのかっつうの。あーあ、とんだ珍道中になっちまったぜ」

下仙川を越え、滝坂というだらだら坂にさしかかったところで、金八は大きなため息をついて座り込んだ。

「そうやって金ちゃんがベラベラ喋れるのも、だらだら旅だからじゃねえのか」

早雲はそういって、小砂利を蹴飛ばした。

あたりには夕闇が迫り、街道は両側に鬱蒼と広がる雑木林のために、一気に見通しが悪くなっていた。

「あーあ、ついに日が落ちちまったぜ。本当にどうする気だよ」

あたりを見渡した金八が泣きを入れた。

「金ちゃん。下高井戸の旅籠の親父は、だらだら坂を越えたらすぐに布田宿がみえるっていってたじゃねえか。あの坂を越えりゃあ宿場に着くって」

早雲は六尺はあろうかという樫の杖で、前をいく金八の背中を小突いた。

「わかったよ……な、なんだ！」

金八はあたりの闇に渦巻く殺気を察し、思わず十手を抜いて身構えた。

両側の林の中から殺気が放たれ、十ほどの影がうごめいている。

「おうっ、命が惜しかったら、そこに懐の物を置いてとっとと失せやがれ」

右側の林の中から甲高い声がひびき、ずんぐりとした男が姿を現わした。

手拭いを姉さん被りにした男たちは皆着流し姿で、山賊のたぐいではなさそうだが、その手には物騒な匕首《あいくち》や脇差しが握られている。

「て、手めえら何者だっ！」

威勢のいい啖呵を切った金八だが、すぐさま翔次郎と早雲の背後に隠れた。

「バーカ、何者かと問われ、素直に答える追いはぎはいねえ。身ぐるみ置いていけとはいわねえ、懐にしまった財布を置いてけば、命だけは助けてやる」

林から進み出たずんぐり男は、右手に握った抜き身の匕首を突きだした。

その瞬間、男の右腕に早雲の樫の杖が唸りを上げて振りおろされ、一瞬で男の右腕を打ち砕いた。腕はへの字に折れ曲がり、持っていた匕首が地面に落ちた。

「くっ、手めえら、かまうこたあねえから殺《や》っちまえっ！」

折れた右腕をかかえたずんぐり男が後じさると、左右の林から飛び出した男たちが三人を取り囲んだ。

男たちの動きを確認した早雲が、尖らせた唇から笛のような音を発し、杖を右手一本でブンブンと回転させた。

「翔ちゃん、半分は頼んだぜ。そりゃっ！」

早雲は両手で杖を握りなおして腰を落とし、敵の攻撃に備えた。

「命が惜しい奴はこの場を立ち去れっ、そうでない奴はかかってきやがれっ！」

翔次郎は大刀の鯉口を切り、刃渡り二尺七寸（約八十一センチ）の大刀を抜き放った。

「翔ちゃん、ここは江戸の朱引きの外だ。面倒はやばいから殺さねえでくれ。峰打ち、峰打ちで頼むぜ」

金八はそういって翔次郎の背中を押した。

「手めえら、いいから殺っちまえっ！」

首領の怒声に、脇差しを下段に構えた三人の男が、地面すれすれに下ろした切っ先を激しく左右に振りながら、翔次郎との間合いを一気に詰めてきた。

「俺の脚を斬ろうってのか？　それじゃあこれならどうだ、それそれそれっ！」

翔次郎は男たちと同じように下段に構え直すと、大刀を激しく左右に振りながら進んだ。

翔次郎の大刀に比べると、追いはぎの脇差しはいかにも短い。

このまま両者が激突すれば、脚を斬られるのは追いはぎのほうだ。

三人の男は切っ先を振りながら、二歩三歩と後じさった。

そのとき翔次郎の背後で、ゴツッ、ゴツッという鈍い音が聞こえた。

ふたりの追いはぎの頭に、早雲の杖が打ち込まれた音だった。

追いはぎは、額から血しぶきを噴き上げながら街道を転げまわった。

早雲は奇妙な笑い声を上げながら、逃げ出した三人の追いはぎを追いかけ回し、次々とその脚を杖で薙《な》ぎ払った。

転倒した追いはぎのひとりに襲いかかった早雲は、鳩尾《みぞおち》に杖の一撃を容赦なく加え、次の瞬間、鋭い気合いとともに、立ち上がろうとするふたりの追いはぎの背中に杖を突き立てた。

「ふふふ、あっちの奴らは、全員のびちまったみてえだぜ。だが向こうは杖だから気絶ですんだが、こいつは真剣だ。気絶じゃあすまねえぜ」

翔次郎が正眼に構え直し、全身から殺気を放った。

「ヒ、ヒエッ！」

追いはぎは気絶している仲間を見捨てて逃げ出した。

「おいおいおい、冷てえ連中だな」

翔次郎が振り返ると、早雲が気絶した追いはぎの腹に馬乗りになっていた。

「和尚、もう十分だ、それ以上やったら死んじまうよ」

へらへらと笑いながら、追いはぎの顔面を殴る早雲の背中に金八が飛びつくと、早雲はよろよろと立ち上がり、手刀を顔前に立てて念仏を唱え始めた。

「金ちゃん、そっちはどうだ」

「全員、気絶しているよ」

翔次郎は金八の右側で気絶している男の上半身を起こすと、両手で肩を押さえて活を入れた。

最初に脳天を殴られた男は、月代に大福ほどのタンコブができていた。

「おう、お前さんに聞きてえことがあるんだ」

金八が男の前にしゃがんだ。

「こ、ここはどこだんべ」

男は鳩が豆鉄砲をくらったような顔をしていった。

おそらく脳天を打たれた衝撃で、それまでの記憶を失ったのだろう。

「お前さん、闇烏の一味かい？」

「ち、違うべ。闇烏の縄張りは、武蔵府中宿界隈から八王子あたりまでで、俺たちは関係ねえべ」

「そうかい、そうかい。たしか、奴らは武州無宿人だったよなあ」

「それは首領の甚八と子分の米蔵、九助のことだべ」

「たったの三人ってこたあねえだろ」

「あとは内藤新宿で旅籠をやってる銀治郎ってのがおったが、何日か前に殺されたって噂だべ」

「なるほどなあ。甚八と子分は、どこにいる？」

金八は袂から取り出した小判を追いはぎの目前でちらつかせ、ゆっくりと追いはぎの懐にしまった。

「府中宿に『大沢屋』って居酒屋があってよ、そこの女将のお絹って女は首領の甚八の女って噂だべ。俺はそれ以上のことは知らねえべよ」

追いはぎは情けない顔をして何度も頷いた。

「そうかい、ありがとよ」

そういって立ち上がった金八の爪先が、男の鳩尾に深々と突き刺さった。

男は小さく呻き、がくりと項垂れた。

「早ちゃん、翔ちゃん、急ごうぜ」

男の懐から小判を取り戻した金八は、ふたりの袖を掴み、先へと急いだ。

それから四半刻ほどで、三人は布田五ヶ宿のうちの国領宿に到着した。

「突然襲ってくるのが追いはぎだけどよ、よくよく考えてみると、俺たちが追いはぎに襲われたのは都合がよすぎねえか。まさか翔ちゃん、闇烏をおびき出すために、わざとテレテレ歩いてたんじゃねえだろうな」

金八はキョロキョロと旅籠を探しながら聞いた。

「たまたまだよ。それより、相変わらず喧嘩となると、手加減を知らねえ和尚に何とかいってやれよ。あいつは喧嘩が始まると、坊主というより地獄の鬼だぜ」

「そうだな、早ちゃんが倒した五人のうち、三人は手足の骨を砕かれていた。ありゃあ間違いなく、一生手足が不自由になるはずだぜ」

「それもこれも、すべては因果応報でしょ」

早雲はどこ吹く風で涼しい顔をしている。

「和尚、さっきの杖捌きが、宝蔵院流とかいう槍術かい」

「翔ちゃん、あれは修行時代に覚えた我流だよ。我流だから型がないでしょ」

「それにしたって、あの打突は見事だ。あれが樫の棒でなくて鎌槍だったらと思うと、俺だって相手をしたくねえぜ」

「あれあれ？　北辰一刀流大目録皆伝に、誉めてもらっちゃいましたねえ」

早雲は嬉しそうに金八の肩を抱いた。

「それじゃあ、旅籠はそこの『粕屋』に決めるよ。それから明日は絶対に府中宿にいくからな。明け六つには出立するからね」

「金ちゃん、ここから府中宿まではどれくらいあるんだ」

「はいはい和尚様、一里と二十三丁（六・三キロ）にございます」

「ほう、なら昼飯前には到着するな。昼飯は鮎の塩焼きが食いてえな」

そういった早雲の腹が、キュルキュルと鳴いた。

「わかった、わかったから早く宿に入ろうよ。それから荷物を置いて、向かいの湯屋で汗と埃を流したら、隣の居酒屋に行く。それでいいでしょ？」

金八はそういうと、「粕屋」と白く染め抜かれた旅籠の暖簾を潜った。

翔次郎と早雲は顔を見合わせ、その後を追った。

二

翌日の明け六つに出立した三人は相変わらずテレテレと歩き続けた。

府中宿まではわずか一里と二十三丁、八幡宿には嫌でも昼前に到着した。

三人はとりあえず目についた、街道の左手にある茶店の縁台に腰掛けた。

「お姉ちゃん、大國魂神社ってのはまだ遠いのかい」

「いいえ、ここからは目と鼻の先ですよ。ほら、あちらに見える高い木が参道でして、源義家様ゆかりの欅並木です」

十手をちらつかせる金八に、やけに頬の赤い茶店の娘がいった。

「翔ちゃん、この宿場はすげえな」

「和尚、何がだ」

「だって内藤新宿を出てからというもの、どこもかしこも田畑と桑畑だったろ。下高井戸や布田なんてところは、宿場といったって田舎町だったじゃねえか」

「それはそうだが……」

「ここはまだ府中宿の入口だってえのに、街道脇の町並みは立派だし、怪しげな白粉の匂いがふんぷんと漂ってきやがるぜ」

早雲は運ばれてきた熱い茶を一口すすった。

翔次郎はクンクンと鼻を鳴らしながら、焦げた醬油が香ばしい焼き団子を頰張ったが、江戸で食べる団子とは違うざらついた歯触りに小首を傾げた。

「ははは、翔ちゃん。武州の団子ってのはよ、餅米じゃなくて陸稲《おかぼ》で作るんだ。だから歯触りがいまいちだろ」

金八がからかった。

「うるせえな。それより今日はどうするんだ。美濃吉に聞いた旅籠の中屋にいくのか、それとも追いはぎに聞いた『大沢屋』って居酒屋にいくのか」

翔次郎は苛立たしげに団子を嚙った。

「なにをいってんだかねえ、この人は。昼間っからやってる居酒屋なんてねえんだから、まずは中屋に決まってるっしょ」

金八はあきれ顔で二本目の団子を頰張った。

ほどなくして茶店を出た三人は甲州街道を進み、武蔵国総社の大國魂神社より三丁ほど手前で「中屋」を見つけた。

大名が参勤交代の時に宿泊する本陣というほどではないが、間口だけでも十間はあろうかという、豪壮な二階建ての旅籠はいかにも立派だった。

金八が十手を振りながら暖簾を潜り、翔次郎と早雲が続いた。

「主の平兵衛さんはいるかね」

玄関の上がり框に腰掛けた金八は、十手で首筋をなでながらいった。

話をはじめる前から十手をちらつかせるやり方は、金八が三流の岡っ引きであることをみずから証明していた。

「はい、私が平兵衛でございますが」

品のいい初老の男が、金八の脇に膝をついた。

「おう、あんたが平兵衛さんか。じつは江戸の柳橋にある、鰻鉄という鰻屋の主、美濃吉から紹介されてやってきたんだ」

平兵衛は美濃吉の名を聞くとあたりを見回し、人がいないことを確認した。

「美濃吉さんって……お客様、それでしたらここではなんでございます。とりあえずお上がりくださいませ」

十手持ちと浪人、そして僧侶という奇妙な組み合わせの訪問者に、緊張の色を隠せない平兵衛はすぐに立ち上がり、三人を奥の部屋へと案内した。

三人が奥の六畳間に入ると、茶屋の娘と同じように、やけに頬の赤い女中が茶を載せた盆を持って現れた。

「すまねえな。たいした用があるわけじゃねえんだ。かまうこたあねえぜ」

「旦那、先ほど江戸からお見えとうかがいましたが、美濃吉さんは今……」

「柳橋で鰻鉄という鰻屋をやっているよ。なんだ、知らなかったのかい」

「へえ、美濃吉という名の知り合いはひとりだけでして、その美濃吉さんが江戸に行ったことは風の噂で存じておりました。ただそれ以上のことは……」

「そうかい、それじゃあ教えてやるが、今じゃ鰻屋も大繁盛、憎たらしいぐらいに元気にしているぜ」

「さようでございますか。美濃吉さんが鰻屋をねえ。それはようございました」

「で、本題だが、ここらを荒らし回っている、闇烏とかいう悪党がいるだろう」

「へえ」

「じつはその一味の銀治郎という野郎が江戸で殺されてな。それでちょいと調べてえことがあって訪ねてきたんだ。俺たちは鰻鉄の常連でな、たまたま親父の美濃吉に府中宿に行く話をしたら、この旅籠を紹介されたというわけなんだ」

金八は笑顔を浮かべながら、気さくに話した。

「私と美濃吉さんは、この宿場では新参者同士でございましたから、何かと助け合っておりましたのですが……」

懐かしそうに美濃吉との関係を話し始めた平兵衛だが、突然、言葉を詰まらせて下唇を強く噛んだ。

「美濃吉のやっていた料理茶屋が、火事を出しちまったんだろ」

「親分さんは、そのようなことまでご存じでしたか」

「まあな、俺は常連でもあるが、お役目もあるからな」

金八はこれみよがしに十手を振った。

「あの火事で美濃吉さんは、女房とふたりの娘を亡くされました」

「そうらしいな。だが美濃吉は、三人とも殺されたと思っているようだぜ」

金八は岡っ引きならではの、鋭い眼差しで平兵衛を睨んだ。

しかし意外にも平兵衛は、淡々と話しを続けた。

「およねさんと娘さんの骸は、背中が真っ黒焦げになるほど焼けていましたが、体の前側は焼け残ったんです」

「胸に刺し傷があったそうだな」

「はい、着物が血だらけだったそうで……」

「だが平兵衛さんよ、その話が本当なら代官所が何も調べねえってのは、おかしいと思うんだが」

金八は出された茶を飲みながらもう一度、上目遣いで平兵衛を睨んだ。

「美濃吉さんがこの宿で商いを始めたのは、大國魂神社の鳥居の向かいにございました『大國』という料理茶屋でございます。元々は老舗の旅籠でございましたが、美濃吉さんが跡継ぎのいない元のご主人と知り合いとかで、屋号を残すことを条件に格安で譲ってもらったそうです。それで美濃吉さんは『大國』という屋号のまま、料理茶屋を始められました。でも『大國』は門前の一等地で、宿場の同業者はよく思っていなかったようで、随分、意地悪をされておりました」

「どうせ売るならよそ者じゃなく、地元の同業者に売れってことか」

「でも親分、元の持ち主が地元の同業者に売らずに、美濃吉さんに店を譲ったのは、それ相応の理由があってのことでございましょう。それなのに美濃吉さんがヨソ者だからって、米はもちろん味噌や醤油、酒まで売ってもらえないんですから……、それじゃあ商売なんかできませんよ」

「美濃吉は、どうやって商売を続けたんだ」

「八王子に『油屋』という有名な料理茶屋がございまして、そこの主が幼なじみとかで、必要な物は全部そこから取り寄せていました」

「なるほどな。ほかに意地悪ってのは……」

「宿場で事件が起きますとね、捕り方がいの一番に『大國』さんにおみえになって、その後、何日も……」

「商売の邪魔をするってわけか」

　金八の問いに、平兵衛は哀しそうに頷いた。

「平兵衛さん、地元の大店と代官所がなあなあの関係というのはわかるが、それじゃあ火つけと殺しの下手人は、そいつらってことになっちまわねえか」

「と、とんでもございません。私はそういう意味ではなくて、ありのままを申したまでございます」

「じゃあお前さんは、誰が火をつけたと思ってるんだい」

金八はろくな答えは返ってこないと思いつつ、あえて核心を衝いた。

「じつは五年前のあの晩、『大國』さんには四人連れのヤクザ者と、二十二、三の夫婦ものお侍が泊まっていました」

「おいおい、『大國』は料理茶屋だろ。泊まり客は変だし、なんでお前さんがそんなことを知っているんだい」

「じつはあの日、あいにくうちが満員でございまして、お侍ご夫婦はお断りしたお客様でした。お侍は江戸から八王子に帰る途中とかで、何とかお泊めしてさしあげたかったのですが、あの日は府中宿の旅籠は全て、江戸の富士講のお客様で満員でした。それで私は、料理茶屋といっても、もとは旅籠だった『大國』さんにお連れしたのです。あいにく美濃吉さんはお留守だったのですが、別の宿の番頭に案内されてきたヤクザ風のお客様が四人、草鞋《わらじ》を脱いでいるところでした」

「その晩、火が出たのか」

「はい」

「そのヤクザ者と若夫婦はどうしたんだい」

「それが火事のどさくさにまぎれて、逃げてしまったようです」

「怪しいな……」

　金八が黙って話を聞いている翔次郎と早雲をみると、ふたりは黙って頷いた。

「平兵衛さんよ、火事のことはわかった。で、つかぬことを聞くが、このあたりを荒らしている闇烏って盗賊についてはどうだ」

「はい、武州無宿人の甚八、同じく米蔵と九助、それと江戸で殺された銀治郎の四人組です。奴らはとんでもない悪党でございまして、日野宿あたりを根城にしているそうです」

「そうか、日野宿が根城なのか。それじゃあ大沢屋という居酒屋は」

「この先の宮ノ前にある居酒屋です。そこのお絹という女将が、闇烏となにやら関係しているという噂を聞いたことがございますが」

「銀治郎も府中にくるたびに、その店に出入りしていたらしいんだが」

「さあ、そこまでは……あの、私が話したことは、くれぐれもご内聞に」

「わかってるよ、心配するねえ。ところで平兵衛さん、部屋は空いてるかね」

「もちろんでございます。ささ、それではお部屋にご案内いたしましょう」

　三人はもみ手をしながら立ち上がった平兵衛の後を追った。

三

夕刻、五年前に焼けたはずの『大國』の前に立った三人は唖然とした。

「なんでえ、五年前に焼けたってのに、立派な旅籠があるじゃねえか」

早雲は巨木の根を輪切りにした板に、墨痕《ぼっこん》鮮やかに「大國」と大書きされた看板を見上げた。

「和尚、さっき平兵衛に聞いたんだが、『大國』が焼けた後、地元の老舗で『蔦屋』って旅籠の主が美濃吉から土地を買い取り、『大國』の屋号をそのままパクって次男坊にやらせているんだってよ」

「金ちゃんよ、鰻鉄の親父の料理茶屋が焼けた晩、泊まっていた四人組は闇烏じゃねえのかな」

早雲は担いでいた杖の先を地面に叩きつけた。

「俺もそんな気がしねえこともねえんだが、証拠はねえし、その四人組が闇烏だとして、美濃吉の女房と娘を殺して『大國』に火を付けた目的はなんだよ」

「そんなことは簡単だよ。鰻鉄の親父は何もいわなかったが、これほどの宿場で商いをしていた料理茶屋なんだから、それなりのお宝があったたって不思議じゃねえ。それを狙ったんじゃねえのか」

「翔ちゃんはどう思う」

「この旅籠を見ちまうと、闇烏がこの旅籠の主に雇われたとも考えられるな」

「なるほどな。それで代官所が阿吽《あうん》の呼吸で事件を握りつぶし、安値でこの土地を買い叩いたってわけか」

「それそれ、翔ちゃんのいうとおり。俺もそう思う」

早雲は慌てて翔次郎に同調した。

「この馬鹿和尚、冗談だよ」

翔次郎はお調子者の早雲の額を小突いた。

「おおっ！　いま赤提灯に灯が入ったが、あそこが大沢屋じゃねえか」

早雲と翔次郎は『大國』の看板を見上げる金八を捨て置き、小走りで赤提灯に向かった。

「おいおい、待ってくれよっ！」

走る翔次郎と早雲に気付いた金八は、慌ててふたりの後を追った。

大沢屋は間口二間奥行三間、店内には江戸ではあまりみかけない、四人掛けの大きな卓が四つ置かれた小さな居酒屋だった。

「いらっしゃい。あら、みかけない顔だね」

せわしなく一枚板の卓を拭いていた、お絹とおぼしき女が顔を上げた。

年の頃なら二十二、三、いささかとうは立っているが男好きのする美人で、右目の下の泣きぼくろがやけに色っぽい。

ただ、どこか虚ろで輝きを失った瞳に、翔次郎は本能的にこの女の欺瞞《ぎまん》に満ちた半生を見た気がした。

「甲府から江戸に帰る途中でな。そこの中屋って旅籠に泊まっているんだけどよ、主に気のきいた居酒屋はねえかって聞いたら、この店を紹介されたってわけよ。あんたが女将のお絹さんかい」

金八は嘘八百を並べ立てた。

「あたしがお絹ですけど、中屋さんが紹介してくれたって話は本当ですか。今までそんなこと、一度もなかったけれど」

お絹は怪訝そうな顔で金八を見た。

「一度もねえったって、平兵衛ってのは中屋の主じゃねえのか？」

「確かに中屋の主は平兵衛さんですが……」

「女将、それならそれでいいではないか、早く酒を頼む」

翔次郎は入口近くの右側の卓に着き、背後の壁に大小を立てかけた。

「はい、ちょっとお待ち下さいね」

お絹が板場に向かおうとしたとき、三人連れの駕籠舁《かごかき》が駆け込んできて、奥の左の卓に着いた。

「女将、いつものやつ、頼んだべっ！」

翔次郎たちに背を向けて座った、一番大柄な男が怒鳴った。

向かいに座った小柄な男が翔次郎たちを一瞥し、何ごとかをささやくと、大柄な男は耳の奥がかゆくなるような大声で笑い出した。

「翔ちゃん、これじゃあしばらく、女将から話は聞けねえな」

「そうだな」

翔次郎が金八に生返事をしたとき、お絹が駕籠舁たちの席に一升徳利と薬味を載せた豆腐を三丁置いた。

そしてお絹は左手に一升徳利、右手に切り干し大根、鮎の甘露煮、煮豆の入った器を載せた盆を持ち、翔次郎たちの卓についた。

「あたしひとりで切り盛りしているもんでね、これがうちのやり方なんですよ。江戸の都の旦那方には、お気に召さないかも知れないけど、嫌ならお代はいらないから出てっておくんなさいね」

お絹は盆を置くと、空いている翔次郎の隣の席に座り、茶碗を差し出した。

翔次郎が黙って茶碗を受け取ると、お絹は一升徳利で酒を注いだ。

「このお酒はね、地元の酒蔵で造っているんですよ」

「ほう、このあたりには酒蔵があるのか」

「お侍様、酒造りは水で決まるそうなんですが、このあたりの井戸水は西国の灘にも負けない、いい水なんですって」

「そういえば、八幡宿の茶店で飲んだ茶は確かに美味かった。江戸の水じゃあ、ああはいかないからな」

翔次郎の言葉に、金八と早雲がうんうんと何度も頷いた。

お絹はそんな金八と早雲に、眼を細めて茶碗を渡した。

「あたしもね、昔は内藤新宿にいたことがあるんですよ。だけどいろいろありましてね、いまじゃ流れ流れて府中宿くんだりの居酒屋の女将ですよ」

「いやいや、お前さんはそういうが、ここだって、たいした宿場じゃねえか」

「街道筋の宿場町なんてどこも同じでね、街道を一歩外れりゃ田畑だらけ。でも、こんな田舎でも住めば都、あたしもかれこれ五年になっちゃいましたよ」

お絹は金八と早雲の茶碗にも酒を注いで徳利を卓の上に置き、用意した自分の茶碗を早雲に向かってつきだした。

早雲は目を白黒させながら、あわててお絹の茶碗に酒をついだ。

早雲の目が鬱陶しいくらいにしばたいている。

早雲が女に一目惚れしたときの癖だ。

「お坊様にお酒をついでもらえるなんて、初めての経験だよ」

お絹は早雲の心中を見透かしたように、怪しげな笑みを浮かべた。

「おいおい和尚、お千代の件が片付いたばかりだってえのに、大丈夫だろうな」

早雲の様子の変化を察した金八が、早雲の眼前で右手を振った。

だが早雲は、うつろな目でお絹を見つめたままだ。

「翔ちゃん、やばいことになっちまったよ」

「そんな馬鹿は放っておけ。ところで女将、内藤新宿にいたというのは本当か」

「昔のことですよ。お侍さんたちは、どんな御用でいらしたんですか」

「お前さんも知っているかもしれねえが、俺の知り合いで内藤新宿の追分近くにある、富士屋という旅籠の倅が殺されたんだ」

「そうですか、あたしがいたのは青梅街道沿いでしたから、そっちの方はさっぱりわかりませんがね」

お絹はさらりといった。

「名は銀治郎というのだが……」

翔次郎が口にした名前にも、お絹は眉一つ動かさずに酒を呷《あお》った。

「殺されたってのは、穏やかじゃありませんね」

「まあな。奴には仲間がいたそうで、何か事情を知っていそうな奴を捜しにきたのだが、お前さん、このあたりを荒らし回る闇烏って悪党のことを知らねえか」

核心を衝く翔次郎に、金八は茶碗の端を咥えたまま何度もお絹に目をやった。

「お客さん、この界隈でその名前は口にしないほうがいいよ。あちらの三人だって、奴らの仲間かもしれないんだからさ」

お絹が声をひそめた。

「ほう、そんなにヤバい奴らなのか」

「人殺しに追いはぎ、火つけに強盗、悪事の限りを尽くしている奴らですよ」

「日野宿あたりを根城にしていると聞いたが、本当なのか」

「そこまで詳しいということは、旦那は八州廻りかい」

お絹は表情ひとつ変えずに聞いた。

「そうみえるか?」

お絹は怪訝そうな顔で頷いた。

「残念だが、俺は八州廻りなんかじゃねえ。桃井翔次郎、神田明神下の長屋に住む浪人だ」

「う、嘘ではないぞ。拙僧はその近くにある永徳寺という寺の住職で、早雲と申す。

そしてこいつは寺男の金八だ」

　金八は早雲の嘘にあわせ、ぺこりと頭を下げた。

「お侍様にお坊様に寺男、なんだかおもしろい組み合わせだねえ。お侍様は殺されたお方と、どういうご関係なんですか……」

「銀治郎には、俺が内職の傘作りに使う、女の髪を納めてもらっていたのだ」

「傘作りに女の髪？」

「ああ、柄に巻き付けて、滑り止めにするんだ」

「そういうものなんですか？」

「傘作りの職人が、誰でもそうするわけではないがな。で、銀治郎だが、奴は懇意にしている尼寺で髪を譲ってもらっているといっていたのだが、奴が殺されてみると、いろいろな噂が俺の耳にも届き始めた。それでどうにも寝覚めが悪くて仕方がないので、事の真相が知りたくなったというわけだ」

「こちらのお坊様は？」

「この早雲和尚は、俺の幼なじみだ。なんでも銀治郎は、かなり阿漕なまねをしていたようだし、仲間というのも相当な悪党と聞いたものでな、用心棒としてこいつらに同行願ったというわけだ」

　お絹は背後を振り返り、駕籠舁たちの様子を窺った。

すると聞き耳を立てていた駕籠舁たちが、妙にそわそわしだし、

「女将、銭はここに置くべ」

といって店を飛び出した。

四

入口の暖簾をしまったお絹の表情は、さっきまでと一変して何かに怯えているようだ。

「お侍様たち、今夜のお泊まりは？」

「さっきもいったが、そこの中屋だ」

「もしよろしかったら明朝六つ半、さっきお侍様がいっていた、八幡宿の茶店の前でもう一度、お目にかかれませんかね。銀治郎と闇烏について、ちょいとばかりお話ししたいことがあるんですが……」

お絹は知らないといっていた銀治郎を呼び捨てにし、闇烏について話したいというその目に嘘はなかった。

「そういうことならかまわぬが……八幡宿の茶店だな」

翔次郎も声を押し殺して答えた。

「はい、お詫びといってはなんですが、この徳利は宿に持ち帰って楽しんでくださいな」

「女将、この鮎の甘露煮もいいかな」

早雲が皿を持った。

「かまいませんよ。お皿ごとお持ち下さい」

「女将、かたじけない。では俺たちもさっさと退散するか。金ちゃん、勘定は頼んだぜ」

翔次郎は立てかけてあった大小を腰に差し、徳利の首を縛った紐を摑んだ。

三人は駕籠舁の後を追うように店を出たが、その姿はもうなかった。

雨でも降るのか外の空気は重く、湿気が鬱陶しい。

「翔ちゃん、あいつら、どこに消えちまったのかな」

「金ちゃん、まあ、いいじゃねえか。とりあえず宿に戻ろうぜ」

自然と宿に戻る足取りが速くなる三人だった。


翌朝、「中屋」を出た翔次郎たちは、お絹の指示どおり六つ半に八幡宿の茶店の前に着いた。

すでに茶店は開いていて、縁台には男の旅人が座って、団子を囓っていた。

そして店の十間ほど先に、両脚に脚絆を巻いて菅笠を被った旅装束の女が、ひとりで立っていた。

三人は小走りで女に近付いた。

「お絹さんか？」

「はい、お早うございます」

「どうしたい、その格好は」

翔次郎がいうと、お絹は小さく頷いた。

「とりあえずお侍様、あたしの後から、つかず離れずついてきておくんなさい」

「わかった」

翔次郎たちは、お絹と五間ばかり離れたのを確認すると、お絹を追って甲州街道を江戸に向かって歩き出した。

ほどなくして、お絹は十字路を右手に折れた。

「あれ、右ってことは南だぜ。あの女、どこに行こうってんだ」

金八が首を傾げた。

「金ちゃん、このあたりから南に行くということは、川崎あたりに行くってことじゃねえかな」

早雲はお絹の後をつけているだけで満足なのか、ずっとニヤケっぱなしの顔でいった。

「まあ、考えたってはじまらねえ。とにかくついていこう」

翔次郎は何か考えでもあるのか、きたときからは考えられぬ軽い足取りで、お絹を追った。

四半刻後、田んぼを抜けたお絹は、玉川の土手を越えて河原を歩き始めた。

漬け物石ほどの丸石が、ごろごろと転がる河原は何とも歩きづらい。

だが聞こえてくるせせらぎの音からすると、玉川までそれほど距離はなさそうだった。

お絹は一度も振り返りもせず黙々と玉川を目指し、ほどなくして背丈を超えるススキや葦が生い茂る草むらに姿を消した。

「おい、やばいぞっ」

翔次郎が慌てて駆け出すと、早雲と金八も後を追った。

いち早く金八が茂みの中に飛び込むと、お絹はすぐにみつかった。

みつかったというより、お絹は河原に揚げられていた十五尺ほどの川舟の縁に腰掛け、三人を待っていた。

「どなたか、舟を操れませんか」

お絹の声に、早雲が一歩前に出た。

「拙僧にお任せあれ。翔ちゃん、金ちゃん、一緒に舟を押してくれ」

早雲はお絹を軽々と抱きかかえ、舟に乗せると艪を握った。

翔次郎と金八は川舟を押し出し、すかさず舟に飛び乗った。

あたりには投網を打つ漁師がひとり、二十間ほど先に筏がひとつみえているだけで、せせらぎの音と天空で鳴くヒバリの声だけしか聞こえない。

お絹はしきりに首を伸ばしては後方の様子をうかがったが、あとを追ってくる者はいなかった。

無言のまま四半刻ほど川を下ったあたりで、舳先に座っていたお絹はようやく菅笠を外し、翔次郎たちを振り返った。

「お侍様、ありがとうございました」

「昨夜は闇烏について話があるといっておきながら、これはいったいどういうことだ。礼はいいから、なぜ我らがこのような舟に乗っているのか、その理由を聞かせてくれ」

翔次郎は不満げにいった。

「いえね、あたしは昨日、お侍様たちがいっていた闇烏の首領……」

「武州無宿の甚八だったかな」

「はい、正確にはマシラの甚八といいます」

「マシラとは、ようするに猿か？」

「はい。山の中に住んでいて、やけにすばしっこいところから、誰かがつけたあだ名のようです」

「ふーん、それで」

「かれこれ五年ほど前になりますが、あたしは銀治郎の実家の富士屋で飯盛り女をしていたんです」

内藤新宿の飯盛り女といえば、店が雇った娼婦のことだ。

みずから怪しげな過去を語り出すお絹に、翔次郎たちの表情が変わった。

「ある日、銀治郎に連れられた甚八が姿を現しましてね、私の顔をみるなり『買った』といって、銀治郎に二十五両の切り餅を渡したんです。そして翌日には府中宿に連れていかれ、あの店をやるようにいわれたんです」

お絹はアッケラカンとしていった。

「俺たちは布田の宿に着く前、追いはぎに襲われたのだが、そのときに捕まえた追いはぎのひとりが、府中宿に甚八の女がやってる居酒屋があることを教えてくれた。どうやらその話に嘘はなかったようだが。お前さんはなぜ昨夜、我らをたばかったのだ」

「それをいうなら、そこにいる十手持ちの旦那を寺男だっていって騙したのは、そちらじゃないですか」

「なんだ、気づいていたのか」

「当たり前ですよ。これみよがしに十手を帯に挟んでいるんですから。あたしがとぼけたのは、あの三人組がいたからですよ。あいつらは府中宿の『駕籠寅』って駕籠屋の駕籠舁なんですが、じつは甚八の手下でね、毎日店にきては、あたしを見張っているんですよ」

「甚八はどうしているのだ。日野宿にいるのか」

「銀治郎が死ぬ十日ほど前から、米蔵、九助と一緒に雲隠れしちまったんですよ。それであたしは、ずっと逃げ出す機会をうかがっていたんですが、どこで手下が見張っているかわかりませんからね。でも昨夜、皆さんがおみえになったので、いよいよ決心したというわけです」

「逃げるったって、どこに逃げようってんだ」

「お江戸ですよ。闇烏とかいったって、奴らの根城は武州の甲州街道沿い。四谷の大木戸の内側に入っちゃえば、それまでですよ。何しろ江戸といえば、町人だけでも五十万人以上いるんでしょ。まったく土地勘のない上方より、ずっと安心していられるってもんですよ」

「そんなもんかな。だがお前さん、江戸に逃げてあてでもあるのか」

「はい、翔次郎様の家の近くに、永徳寺という寺がございますでしょう」

お絹はそういって早雲を振り返ると、意味深な笑みを投げかけた。

「おう、そこのスケベ住職なら幼なじみだ」

翔次郎も話を合わせた。

「そこの住職の早雲様と知り合いでして、お寺の下働きにでも雇ってもらおうかと思うんですよ」

そういってもう一度早雲をみたお絹は、今度は少女のような笑みを浮かべた。

「和尚、聞いたか？　なんだかとんでもねえことになってきたぞ」

翔次郎がそういって早雲に視線を投げると、案の定、顔を紅潮させた早雲は激しく目をしばたたかせながら、何度もかぶりを振っていた。

五

五つ（午前八時）前に玉川を下り始めた舟が、江戸の海に出たのは昼四つ（午後二時）を過ぎていた。

「金ちゃん、あれは……」

「羽田の六左右衛門の渡しだ」

「てえことは、海に出たら左だよな」

「そうだ。早ちゃんの艪捌きなら、一刻もあれば両国に着くんじゃねえかな」

「じゃあ、飯は両国についてからだな」

「和尚、どうせなら鰻鉄にしようぜ」

翔次郎がいった。

お絹が闇烏の甚八に買われたのが五年前。

鰻鉄の美濃吉が府中宿の料理茶屋を焼かれ、江戸にきたのも五年前だった。

そのあたりの経緯については、船上で細かくお絹から事情を聞いたが、その話を鵜呑みにするわけにはいかないし、翔次郎はその偶然の一致に違和感をおぼえていた。

――ふたりを会わせてみれば、何か手がかりを得られるかもしれない。

そんな気がしたのだ。

一刻後、早雲が操る舟は両国橋を潜った。

早雲は舟を神田川に入れ、柳橋の河岸に寄せた。

翔次郎に手を引かれて河岸に上がったお絹は、思わず両手を天に突き上げて伸びをした。

そして大きく胸を張り、潮の香りが混ざる空気を胸一杯に吸い込んだ。

「ああ、本当に江戸に着いたんですね」

「ああ、ここは柳橋だ。お絹ちゃん、よかったな」

早雲は嬉しそうに、お絹に菅笠と風呂敷包みを手渡した。

「あの、和尚様、さっきの話、本当によろしいのですか？」

「いいってことよ。寺は俺ひとりきりで、手がなくて困っていたんだ」

早雲はお絹の背中を押した。

お絹の背中から指先に伝わった柔らかな女の肌の感触と温もりに、早雲は思わずその手を引っ込めた。

「翔ちゃん、俺たちも急ごうぜ」

早雲とお絹が柳橋を渡るのをみた金八は、翔次郎の背中を押した。

翔次郎と金八が鰻鉄の暖簾を潜ると、すでに定席の小上がりにお絹と並んで座っている早雲が右手を挙げた。

「親父、酒だっ！」

早雲は翔次郎の台詞をまねた。

翔次郎と金八が席に着くのとほとんど同時に、美濃吉が大徳利二本と茶碗を四つ載せた盆を抱えてきた。

「あれあれ、お連れ様は志乃吉姐さんかと思ったら、勝るとも劣らぬ別嬪《べっぴん》さんではございませんか。和尚様も隅に置けませんな」

美濃吉はいつになく機嫌がよかった。

「親父さん、仏法に帰依する者をからかうものではない。こちらはこのたび当寺の下働きとして働くこととなった……」

「お絹でございます。よろしくお願い申し上げます」

口調まで変わったお絹が丁寧に頭を下げた。

「当店の主、美濃吉でございます」

徳利と茶碗を配り終えた美濃吉は早雲とお絹の顔を見比べ、何ともいえない笑みを浮かべて頭を下げた。

「親父さん、これはなんだ」

「金八親分、今日は半刻ほど前におみえになった五人のお侍が、肝焼きをすべて召し上がられてしまったんですよ。それで代わりといっちゃなんですが、アサリとワカメを酢味噌であえたヌタを作ってみたんですよ。アサリは旬を過ぎておりますが、なかなか太っていて立派でしょ」

「そのようだな。旨いっ」

翔次郎はあまりに自然な美濃吉とお絹の態度に、小さなため息をついた。

――杞憂であったか。

翔次郎は自分の思い過ごしを打ち消すように、小さく顔を振ってからお絹がついでくれた茶碗の酒を一口すすった。

翌日の夕刻、翔次郎と早雲、金八の三人は、下谷御成街道を上野新黒門町に向かっていた。

「金ちゃん、もしかしてこの先の泥鰌屋に向かってるのか」

「お察しのとおり『番太』に向かってんだよ。『番太』の親父には、手下の熊が可愛がってもらっている縁もあってさ、俺もけっこう顔を出しているんだ」

「あすこの泥鰌鍋は美味いぜ。ネギをしこたま載せて……ああ、考えただけで涎がでてくるぜ。俺はマルの泥鰌はどうもいけねえんだが、『番太』の泥鰌はきっちりと捌いてあるからな」

早雲は喉を鳴らして生唾を飲み込んだ。

「俺はその『番太』とかいう泥鰌屋、初めての店だよな。店の名からすると親父が木戸番でもしていたのか」

翔次郎も話に乗った。

「いや、あすこの安佐吉って親父はさ、番太は番太でも目明し番太ってやつさ」

「目明し番太？　なんだそりゃ」

「江戸の朱引きの外にでると、御法度破りを捕まえるのは、それぞれの村の名主の役目なんだ。でも捕り物なんて物騒だからさ、名主は目明し番太と呼ばれる岡っ引きを雇い、そいつらに捕り物をさせるのさ」

「ふーん、名主に雇われているってことは、金ちゃんみたいな給金のねえ岡っ引きより、立場的には偉いんじゃねえのか」

「そうなんだよ。しかも目明し番太は、村での捕り物以外にも八州廻りについて悪党の隠れ家に案内をしたり、一緒に捕縛の手伝いをしたりもするんだ」

「目明しというより、むしろ町奉行所の同心みてえなもんだな」

「そういうこと。まあ、それがあの親父の唯一の自慢なんだけどな」

「安佐吉が目明し番太をしてたのは、いつのことなんだよ」

「あの店ができたのが十年ほど前だからな。その前ってことだろうが、八州廻りについていたころは、随分、悪党を殺めたともいってたぜ」

「場所は？」

「日野村だよ」

「八王子と府中宿の間にある、闇烏が本拠地にしている日野村かよ」

「そういうことになるかな」

「それじゃあ府中宿の『大國』の火事や闇烏のことも、ことによったら知ってるんじゃねえのか」

「あ、そうか……」

翔次郎の話を聞いた金八は、一目散に「番太」へと走った。

遅れて到着した翔次郎と早雲が縄暖簾を潜ると、金八が狛犬のようなふてぶてしい顔の男の目前に、小判をちらつかせていた。

翔次郎の気配に、ちらりと視線を移した男の眼光は鋭く、無言の迫力は修羅場をかい潜ってきた者のそれだった。

「おお、翔ちゃん、この人が親父の安佐吉だ」

安佐吉は金八の手からひったくるように小判を奪った。

そして翔次郎を無視するようにして入口の縄暖簾をしまうと、腰高障子をしめてつっかえ棒をした。

「俺は伝助長屋に住む桃井翔次郎だ」

「左様ですか」

そういうと安佐吉は、たばこ盆を持って二階へつながる階段をのぼった。

安佐吉を追って二階の小部屋に入った三人は、安佐吉を囲むように座った。

「で、金八親分。あたしに何を聞きてえんだって」

安佐吉は煙草盆の火種に煙管の雁首を近づけ、スパスパと音を立てた。

「武蔵府中宿にある『大國』って料理茶屋、あれが焼けた事件について教えてくれねえかな」

金八がいった。

「親分、あっしが江戸でこの店を開いたのは十年前。『大國』が焼けたのは五年前のことですぜ。あっしが知って……」

「知ってるじゃねえか」

金八は安佐吉の次の言葉を遮るようにいった。

「あ、そうか。こいつはまいったな。いやなに隠すつもりはねえんですよ」

「じゃあ、知ってることを教えてくれ」

「仕方がありませんね。じつはあの事件の後、江戸にきたついでにこの店を訪ねてくれた、府中宿の番太仲間に聞いたんですが、ありゃあ何とも酷え話ですわ」

「主の留守中に火が出たんだよな」

「ええ、でも焼け死んだのは女房とふたりの娘だけで、店の使用人はみな助かったんですよ……」

安佐吉は金八に紫色の煙を吹きかけた。

「ということは、やはり殺しなのか」

「さすがに親分は鋭いね。焼けた女房と娘の死体は、首を折られて心の臓を閂刺しにされていた」

「閂刺し?」

「ええ、匕首をこう寝かせましてね、肋骨の間に差し込むようにして心臓を刺すんですよ。すると一寸ほどの真一文字の傷が残りやすが、それが門に似てるんでしょうかね」

「門刺しはわかったが、なぜ代官所は……」

「旦那、野暮なことはいいっこなしですぜ。府中宿のような古い宿場町には、御上だって黙って目を瞑らざるをえない、しきたりってもんがあるんですよ。とにかく新参者を歓迎しねえし、府中宿くらいになると、代官より偉え名主がいたりするもんなんですよ」

安佐吉はいやいやをするように首を振った。

「事件が闇から闇に葬られるなんざ、珍しくもねえということか」

「だから野暮はいいっこなしですよ。そういえば『大國』の持ち主は、店の土地をさっさと手放し、江戸に逃げたって聞いてますよ。店が焼ける前に、なにがあったかは知りませんがね」

「土地を買った奴が殺し屋を雇ったとしたら……」

「くどいっ」

金八の言葉を聞いた安佐吉は語気を荒らげ、煙管の雁首を灰吹きに打ちつけた。

「親父さん、そう怒ることもないだろう」

そういう翔次郎を安佐吉の鋭い視線が射抜いた。

「もうこれ以上、話すことはねえ」

「あんたのいう『大國』の持ち主は、柳橋で鰻鉄という鰻屋をやっている」

「柳橋の鰻鉄って、あの美濃吉が『大國』の持ち主だってのか」

「なんだ、親父さんも美濃吉を知っているのか」

「へえ、同業の寄り合いで、何度か顔を合わせただけですが……」

「俺たちはその美濃吉に紹介されて、武蔵府中宿の中屋って旅籠を訪ねてきたところなんだ」

「じゃあ、主人の平兵衛にもあったんですか」

「その平兵衛から、代官所が事件を握りつぶしたことを教わったのだ。新参者の美濃吉も平兵衛も、地元の古株から随分苛められていたそうだな」

「新参者が爪弾きにされるのは、府中宿に限ったことじゃありやせん。歴史の長え土地ってのは、俺なんかには計り知れねえ、様々な確執みてえなもんがありやしてね、ひと言じゃ説明のしようがねえんだ」

「じゃあ、闇烏について、なにか知らねえか」

「さあ、知りませんね。金八親分、こいつはお返ししますんで、今日のところはこれくれえで、勘弁しておくんなさい」

安佐吉はそういうと、懐から取り出した小判を金八の懐に押し込んだ。

安佐吉は間違いなく何かを知っているし隠している。

翔次郎も金八も早雲も同様の印象を抱いた。

だがここで粘ったところで、安佐吉は埒《らち》があく相手でもない。

三人は引き下がるしかなかった。

六

それから五日間、ただ無為に時間だけが経過した。

岡っ引きの金八にとって、銀治郎殺しは下手人を捕まえて解決しなければならない仕事だ。

だが翔次郎にとっては、事件に首を突っ込んで武蔵府中宿まで出張ってみたものの、日々の暮らしを犠牲にする理由もない。

日々の傘作りを放り出して真相究明にかまけるわけにもいかず、それは早雲にとっても同じことだ。

江戸っ子は熱しやすくて冷めやすいというが、それは気質というより、単に貧しさゆえのことなのだ。

夕刻、翔次郎は近所の質屋から請け出した蚊帳の風呂敷包みを抱え、長屋への道を急いでいた。

「翔次郎の旦那、お久しぶりじゃないですか。いったい何を大切そうに抱えているんですか」

　お座敷へ行く準備を整えた志乃吉が声をかけた。

「何って、見りゃあわかるだろ。蚊帳に決まってるじゃねえか」

「蚊帳は秋に質入れして、初夏に請け出すのが長屋の住人の常識ってか。でも旦那、蚊帳以外に質入れしているものはないでしょうね」

「あたりまえだ。質《七》に荷《二》を足せば、苦《九》になるのも常識だ」

「この大金持ちが、何を貧乏くさいこと仰ってるんだか」

　前日、播磨屋の富三が隠していた小判の両替が終わり、金八から分け前の三十両を渡された志乃吉は、すこぶるご機嫌だった。

「そういうお前さんだって、まとまった金が入ったのだから、もう少し値の張る匂い袋を買った方がいいんじゃねえのか」

　翔次郎は志乃吉の肩口に顔を寄せ、クンクンと鼻を鳴らした。

　志乃吉は慌てて袂の匂いを交互にかいだ。

「あらいやだ、これは麝香ですよ。変なこといわないでおくんなさいよ」

「なんだか生臭えぞ。お前さんの麝香は『じゃ』の字を『蛇』って書くんじゃねえのか」

「旦那ったら、本当に意地悪なんだから」

志乃吉は風呂敷包みで両手のふさがった、翔次郎の背中を両手で叩いた。

「痛っ！　ところでお前さん、どこまでついてくるつもりなんだ」

伝助長屋の木戸前に立った翔次郎がいった。

「今日のお座敷は柳橋で六つ半からだから、旦那と団子でも食べようかと思って買ってきたんですよ」

「そういうことか」

さっさと翔次郎の部屋に向かった志乃吉は、入口の腰高障子を引いて室内に入ると、小さな悲鳴をあげて飛び出てきた。

そして両頬を膨らませたまま、翔次郎の脇腹に強烈な肘鉄をくらわせた。

「痛っ、いきなり何すんだ」

「ふん、知りませんよ」

志乃吉は翔次郎が抱えた風呂敷包みの上に、持っていた団子の包みを乱暴に置き、その場を立ち去った。

翔次郎が志乃吉を振り返ろうとしたとき、部屋から飛び出す人影が見えた。

「お絹さんじゃねえか。どうしたい、いきなり」

「あの……和尚様にいわれて、これをお届けに上がったんです」

あれからたった五日しか経っていないのに、お絹の言葉遣いは丁寧になり、はすっぱな居酒屋の女将の風情はどこにもない。

「なんだい、そいつは」

「はい、檀家様からのお供物で、いなり寿司だそうです」

「なるほど、そういうことか……」

志乃吉は部屋に入り、上がり框に腰掛けて翔次郎の帰りを待っていたお絹を見て、ワケありの女と勝手に勘違いして焼き餅を焼いたのだ。

慌て者の志乃吉が豹変した事情を察した翔次郎は、苦笑するしかなかった。


そして暮れ六つ、傘作りを切り上げた翔次郎は永徳寺にいた。

本堂の階段に腰掛けた翔次郎は、隣の早雲の左肩をポンポンと叩いた。

「――というわけよ。和尚、慌て者の志乃吉には困っちまうぜ、あの性格を一発で治す、霊験あらたかな経とか呪文はねえのか」

「そりゃあ、翔ちゃんにも責任があるんじゃねえのか」

早雲は鼻くそをほじりながらいった。

「俺に責任？　なんだ、そりゃ」

「翔ちゃんはさ、床柱の姐さんにいつまで芸者をやらせておくつもりなんだ。例の金を山分けにして四百両も手に入ったんだし、金がねえとはいわせねえぞ」

「おいおいおいおい、この糞坊主。お絹さんがきてくれたからって、妙な余裕をみせやがって。俺にあの跳ねっ返りを押しつける気か」

図星をつかれた翔次郎はムキになった。

「喝っ！　志乃吉姐さんが翔ちゃんに惚れてることは、誰だって知ってるし、翔ちゃんだってその気じゃねえか」

「あれあれあれあれ、いくら幼なじみの和尚だからって、それ以上勝手なことをぬかすと許さねえぞ」

翔次郎が立ち上がると、目前の賽銭箱でジャラジャラという大きな音がした。

賽銭箱の向こう側に隠れて、ふたりの会話に聞き耳を立てていた金八が、財布にたまっていた五十枚ほどの一文銭を投げ込んだのだ。

「ふたりとも、いいかげんにしやがれっ」

「なんだ、手めえは幽霊か？　どこから湧いてでやがった」

「翔ちゃん、この色男をつかまえて幽霊はねえだろうっ、ていうより、それどころじゃねえんだ。例の闇烏一味の米蔵が殺されたんだよ」

「なんだと？　その話、詳しく教えろい」

志乃吉のことで窮地に追い込まれていた翔次郎が、渡りに舟とばかり金八の話に乗ると、金八は賽銭箱の縁に両肘を乗せて話し始めた。

「品川北本宿に大野屋という旅籠があるんだが、そこに米蔵と小夜というレコが泊まっていたんだ」

「レコ?」

翔次郎と早雲が声をそろえると、金八は右手の小指を立てたまま話を続けた。

「小夜ってのは情婦らしいんだよ」

「そういうことか」

「それでその小夜の話では、明朝、ふたりで上方に向かう予定だったそうだが、今朝方、米蔵は『知り合いの坊主に、貸した金を返してもらいにいく。昼には戻る』といい残して、高輪の妙源寺に向かったそうだ」

「金ちゃん、高輪の妙源寺って、あそこは十年も前から荒れ寺だぜ」

早雲がいった。

「ああ、俺も知ってるよ。だが小夜はそんなことは知らねえから、おとなしく米蔵の帰りを待っていたが、九つ半(午後一時)を過ぎても野郎は戻ってこねえ。さすがに心配になって、旅籠の小僧に妙源寺まで案内してもらったところ、本堂の脇で首の骨を折られて死んでいる米蔵をみつけた。それで旅籠の小僧が番屋に駆け込んだというわけだ」

「そいつが米蔵ってのは、確かなんだな」

「小夜って女も武州無宿の米蔵と認めているし、死体の背中には銀治郎と同じドクロの刺青があった。翔ちゃんはどう思うよ」

金八は翔次郎の脇に腰掛けた。

「どうもこうも、当たり前に考えりゃ仲間割れだろう」

「やっぱり、そういうことになるよな」

「小夜って女は、どこでどうしてるんだ」

「米蔵も小夜も凶状持ちってわけじゃねえし、今のところは被害者だ。だけど奉行所も闇烏の件は承知ノ介だから、お調べが終わるまでということで、大野屋に逗留させているよ」

金八がそこまでいったとき、お絹が庫裏から飛び出してきた。

「和尚様、すみません。皆さんがおみえになっていることも気づきませんで」

江戸にきて、すでに五日が経った安心感からか、お絹の表情は穏やかになり、眉間に刻まれていた深い縦皺も消えている。

府中宿の居酒屋にいたときとは違い、寺の下働きらしく、お絹の顔は化粧っ気もまったくないが、やはり美人は美人、お絹をみた早雲は鼻の下を伸ばした。

「お絹、ちょうどいいところにきた。いま闇烏の米蔵が殺されたという知らせが届いたんだ」

翔次郎がお絹に手招きをすると、にこやかだったお絹の表情が一変した。

五日の江戸暮らしで、武蔵府中宿での記憶と心の傷が消えるわけもない。眉間に再び、深い縦皺が刻まれた。

「翔次郎様、あんな奴、殺されて当然ですよ」

お絹は吐き捨てた。

「お前さんは、米蔵のことも知っているのか」

「いえ、私は銀治郎のことは存じておりますが、米蔵と九助に直接会ったことはございません。でもたまに甚八が、愚痴をこぼしていたんですよ」

「愚痴？」

「血も涙もない鬼畜とは、米蔵と九助のことで、ことに米蔵は残忍な外道なんだそうです」

「外道ってのは穏やかじゃねえな」

「もともと街道筋の追いはぎだった闇烏が、押し込み強盗を始めるようになったのも、押し込み先で年寄りや子供まで皆殺しにするようになったのも、米蔵が始めたことだそうです。しかも米蔵は殺しだけじゃ飽き足りず、年頃の女を見つけると、必ず手込めにしながら首を絞めて……」

　お絹は悔しそうに下唇を噛んだ。

「犬畜生にも劣る男のようだな。だがこれで闇烏一味四人の内、ふたりが殺された。当たり前に考えりゃ仲間割れだろうが、お絹さんは何か知らねえかな」

「翔次郎様、甚八は十日に一回、ひとりで府中宿に姿を現しては私を抱き、翌日には嘘のように姿を消してしまうんです。たまに米蔵と九助のことで愚痴をこぼしましたが、ほかには何も……」

　その場に立ちつくし、胸の前で手を重ねたお絹は唇を噛んだ。

「嫌なことを思い出させちまったようだな。そうだ、お詫びといっちゃあなんだが、今日は鰻鉄で晩飯を奢るぜ。それで勘弁してくれや」

　翔次郎はそういって立ち上がると、お絹の肩を軽く叩いた。


　四半刻後、四人は鰻鉄の暖簾を潜った。

「親父、酒だっ！」

　例によって翔次郎が大声で怒鳴ると、久しぶりに娘のお菊が顔をみせた。

「おう、お菊ちゃん、親父は死んだか」

「翔次郎様、お父っつぁんは、殺されたって死にませんよ」

「確かにそれはいえてるな」

「なんでも、こんど六郷川（玉川下流）の漁師から鰻を仕入れるとかで、昨夜から川崎にでかけていますよ。夕方には戻るといってましたから……」

お菊がそこまでいったとき、大きな魚籠を抱えた美濃吉が帰ってきた。

「これはこれは翔次郎様、皆さんもおそろいで……」

「いま、お菊ちゃんから聞いたんだが、川崎に行っていたそうだな」

「はい。このところ翔次郎様たちはお見限りで、鰻を釣ってきてくださいませんからね。こうして鰻を仕入れてこないと、商売ができないんですよ」

美濃吉は魚籠の蓋を取り、翔次郎に中をみせた。

「ほう、なかなか立派な鰻だな。浦和あたりの鰻より太っているのではないか」

「でしょ。でもね、皆さんに釣ってきていただける、江戸前にはかないませんよ」

美濃吉はそういってニヤリと笑うと、魚籠を抱えて板場へと向かった。

七

翌日の昼過ぎ、翔次郎と金八は南町奉行所同心百瀬正之介に会うため、品川に向かった。

なぜなら百瀬は好都合なことに金八の上司で、小夜が泊まっている旅籠の見張りを命じられていたのだ。

しかも百瀬といえば奉行所一の賄賂《わいろ》好きときているから、ふたりはちょいと鼻薬を利かせれば、喜んで小夜に会わせてくれるとタカを括っていた。

「百瀬様、こちらの桃井の旦那が、小夜って女と話がしてえそうなんですよ」

金八は小判入りの紙包みを百瀬に差し出した。

ところが百瀬は紙包みを一瞥すると、翔次郎に向かって、

「なに？　傘張り浪人風情が、お上の仕事に首を突っ込むなっ！」

と、けんもほろろに怒鳴りつけた。

百瀬の剣幕は凄まじく、とりつく島もないとはこのことだった。

金八と翔次郎は、すごすごとその場を立ち去るしかなかった。

「おいおい金ちゃん、あの守銭奴が小判に見向きもしねえとは、いったいどういう風の吹き回しだ」

翔次郎はそういうと、とおりがかった街道筋の茶店の縁台に座り、大声で茶と大福を二人前注文した。

「それがよ、どこでどう聞いたんだか、百瀬様は俺が四百両を手にしたことに感づいているみたいなんだ。それで機嫌が悪いんだよ」

「ふーん、で、袖の下で渡した紙包みにいくら入れたんだ」

「一両……」

金八は口をとがらせた。

「かあーっ、たったの一両かよ」

「そんなこといったって、翔ちゃんは一文もだしてねえじゃねえか」

「ええ？　なんで俺があのヌケサク同心に金をやらなければいけねえんだ」

「そりゃあそうだけど、じゃあ、どうするよ。翔ちゃんに、なんかいい知恵はあるのかよ」

「小夜が逗留している旅籠は大野屋だったな」

「ああ」

「じゃあ今夜、そこに泊まっちまえばいいじゃねえか。百瀬の馬鹿は外で見張っているだけで、泊まり客をどうこうできるわけじゃねえんだろうからよ」

「さすが、頭いいなあ。よし、そういうことなら俺も泊まるぜ」

「バーカ、旅でもねえのに、男と旅籠になんて泊まれるか」

翔次郎は隣に座った金八の口に、運ばれてきた大福を突っ込んだ。

夕刻、一度、長屋に戻った翔次郎は、志乃吉を連れ立って小夜が投宿している北品川の大野屋に向かった。

「翔次郎の旦那、いきなり今夜のお座敷は断れだなんて、いったいどういう風の吹き回しなんですか」

翔次郎についてきた志乃吉は不満を口にしつつも、表情はいつになく柔和で足取りも軽い。

「なあに、床柱の姐さんに折り入って相談があるのよ。ついては今夜、そこの旅籠に泊まるからよ」

「あらいやだ、話ならそこらの居酒屋でもできるじゃありませんか。いきなり旅籠に泊まるだなんて……」

志乃吉はがらにもなく顔を上気させ、耳まで赤らめた。

翔次郎はその手をいきなり摑むと、ためらうことなく大野屋の暖簾を潜った。

部屋に案内された翔次郎は、袂から取り出した小判を女中の帯に押し込むと、その耳元で何ごとかを囁いた。

法外な心づけに気をよくした女中は、目を爛々と輝かせながら話を聞き終えると、大きく頷いて部屋を出た。

大野屋の向かいの居酒屋では、食事に出た百瀬に命じられた金八が、ひとりで大野屋の様子を見張っていた。

「なんでい、そうならそうと、いやあいいじゃねえか……」

大野屋に入った翔次郎と志乃吉をみた金八が、口を尖らせて愚痴をこぼしたとき、いつのまにか戻ってきた百瀬が肩を叩いた。

「旦那、お帰りなさい」

百瀬は小柄な金八よりひと回り大きいが、ガリガリに痩せた出っ歯の鼠顔、何とも貧相で貫禄に欠ける。まだ三十そこそこだというのに頭は禿げはじめ、髷は泥鰌のように細く、付け鬢《びん》の世話になるのは時間の問題だった。

「おい、お大尽。何か変わったことはなかっただろうな」

「へい、特に。しかし小夜とかいう女、本当に米蔵の女なんでしょうかねえ」

「本人がそういうんだから、仕方がねえじゃねえか。そんなことより昨日、お前さんが連れてきた浪人、確か……」

「桃井翔次郎様ですか」

「そうそう、桃井翔次郎だ。あいつのご先祖は勘定方にもかかわらず、三百年も前に公金を横領してお役御免になったんだ」

「らしいですね。でも百瀬様、三百年じゃなくて二百五十四年前……」

「んなこたあ、どうでもいいんだよ。先祖のことはともかく、俺がわからねえのは二年前のことだ」

「二年前って、なんのことですか？」

「お玉が池の千葉道場の肝いりで、あの野郎に御書院番の口が舞い込んだはずなんだ」

「はあ、あの話ですか。確かにそんなこともありましたねえ」

「だがあの野郎、傘張り浪人のくせに、せっかくの話を断りやがった。いったいどういう了見していやがるんだ」

「さあ」

金八は首を傾げた。

確かに二年前、翔次郎から御書院番の口がかかった話は聞いていた。

翔次郎の北辰一刀流の腕を買われてのことなのだが、翔次郎は「いまさら犬になぞなれるか」と吐き捨てて笑い飛ばした。

金八は二百五十二年振りに振ってわいた好機なのに、もったいないとは思ったが、本人が嫌だというのだからそれでいいと思っていた。

しかし同じ武士から不浄役人と疎んじられ、それ以上の出世も見込めない町奉行所同心の間では、翔次郎の決断は人を食った行為ととらえる者が多かった。

「あの野郎、攘夷派だったら、ただじゃおかねえからな」

金八をひと睨みした百瀬は、気になるひと言を吐き捨てた。

「百瀬の旦那、桃井様が攘夷派なら、御書院番になれば幕府の裏事情を摑めるんだから好都合。断るわけねえじゃねえですか」

「うるせえっ！」

金八の月代に、百瀬の骨張った拳が振り下ろされた。


一方、大野屋の二階の部屋の窓辺では、翔次郎が志乃吉に闇烏一味の米蔵が殺され、その女である小夜に会いにきた経緯を説明していた。

「翔次郎の旦那、事情はわかりました。だけどなんだってこんな危ないことに首を突っ込んでいるんですか。闇烏とかいう悪党が殺されようが、旦那には関係ないんじゃございませんか」

「最初に殺された内藤新宿の銀治郎だが、俺は野郎から傘の持ち手に巻く女の髪を仕入れていたんだ」

「傘の持ち手に巻く髪？　手にしっくりとくるあれは女の髪だったんですか」

「ああ。女の髪を細い三つ編みにして持ち手に巻くんだ。その後、漆で固めちまうから、髪の一本一本はわからなくなるが、どうやらその髪が、銀治郎たちに殺された女たちのものだった。そんなこと、夢にも思わなかったぜ……」

そういって翔次郎が志乃吉の肩を軽く叩いたとき、襖の外で声がした。

襖が開くと、さっきの女中が一升徳利を抱えて立っていた。

「お客様、小夜さんでございます」

女中はそういうと、一升徳利と茶碗を載せた盆を入口の脇に置いた。

そして背後に立っていた女に入室をうながし、自分はさっさと部屋から出て襖を閉めた。

「さ、小夜って、あんた……」

小夜をみた志乃吉の顔色が変わった。

「なんだ姐さん、この人と知り合いなのか」

「知り合いもなにも、この娘は柳橋の置屋で女中をしているお富ちゃんですよ。お富ちゃん、あんた……」

「し、志乃吉姐さん」

小夜は志乃吉の顔をみて、あわてて部屋を出ようとした。

だがその手を翔次郎が摑んだ。

「別に怖がることはない。ちょいと米蔵のことを聞かせてもらいてえだけなんだからよ」

そういって握った手に力を込めた翔次郎に女は観念し、その場に崩れ落ちた。

八

いきなりの展開に動揺した女が泣き崩れたため、しばしの沈黙が続いた。

ようやく女が泣き止んだのを確認した志乃吉は、堰を切ったように質問を浴びせかけた。

「お富ちゃん、小夜ってのは、どういうことだい」

「姐さん、小夜はわたしの本名なんです」

「じゃあ米蔵って男は何なんだい」

「私の実の兄さんです」

女は蚊の鳴くような声でいった。

「本当かい。町奉行所はあんたのことを、米蔵の女だと考えているようだけど」

「兄さんが何かあったときには、そういえって……」

「じゃあ、本当にふたりは兄妹なんだね」

「はい。私たちは小仏峠のはずれにある木賃宿で生まれた、実の兄妹なんです」

「小仏峠って、たしか武蔵と相模の国境だったよね」

「当時、私はまだ三歳で、その頃の暮らしは何も覚えていないんですが、兄さんに聞いた話では、うちは盗人たちが宿泊する木賃宿だったそうです」

　盗人という言葉に、志乃吉の小夜をみる目が変わった。

「盗人相手の木賃宿って、穏やかじゃないね」

「驚きですよね。でも驚きはそれだけじゃないんです」

「それだけじゃないって、どういうことなんだい」

「お父っつぁんの伝蔵という人は、宿のことはおっ母さんに任せっきりで、自分は八王子や日野、府中といった甲州街道沿いの宿場を荒らす、盗賊の首領だったそうなんです」

　志乃吉と翔次郎は、小夜の口から発せられる意外な話の連続に、あきれて頷くだけだった。

「で、親父さんはいま、どこでどうしているんだ」

　翔次郎が聞いた。

「死にました」

「そうか、すまねえことを聞いてしまったな」

「いえ、いいんです。お父っつぁんは二十年前、お役人様に追われて逃げ帰ってきたところ、宿の周りを取り囲まれて火を放たれたそうです。燃えさかる火の中で、お父っつぁんは兄さんと私を逃がし、そのまま焼け死んだと兄さんがいってました」

「おっ母さんは……」

「お父っつぁんと一緒に焼け死んだと思います。当時十二歳だった兄さんは、家が焼け落ちるのを確認してから、三歳の私を背負って森の中を走り、日野宿にあるおっ母さんの実家の小間物屋に向かったそうです」

「それは大変だったわね」

「それから七年後、爺さまと婆さまが流行り風邪で亡くなると、兄さんは伝手をたどり、十歳になったばかりの私を柳橋の置屋に、下女として奉公にだしました」

「米蔵は？」

「詳しいことはわかりません。でも兄さんは、随分と危ない橋を渡っていたようです」

十二歳で両親と家を失った米蔵が、生きるためにたどった転落の道など、いわずもがなのことだった。

「あんたは米蔵がやってたことを知っているのかね」

翔次郎の問いに、小夜は小さく首を横に振った。

「私には何もいいませんでしたから……。でも、たまに会うたびに人相が悪くなっていたし、小遣いだって小判をくれることもありましたから、悪いことをしているんだろうなとは思っていました」

「そういうことか……」

翔次郎は小夜の肩が、再び小刻みに震えだしたのをみると、米蔵が闇烏という盗賊の一味であることを話せなくなった。

「だけど、なんであんたたちは、西国なんかにいくつもりだったんだい？」

志乃吉が聞いた。

「それが三日ほど前、突然、兄さんが私を訪ねてきたかと思ったら、『お父っつぁんの仲間に命を狙われているから、一緒に西国に逃げよう』って……」

「お父っつぁんの仲間？」

「兄がいうには、お父っつぁんは亡くなる前に、手下の四人と八王子の両替商に押し込み強盗に入り、二千両ものお金を手に入れたそうです。ところがお役人様にみつかってしまい、家に火をつけて千両箱を両替商の家の井戸に放り込み、バラバラに逃げたそうです」

「ほとぼりを冷ましてから、井戸を捜そうということか」

「はい。でも三月後に井戸を調べると、お金はすでになくなっていたそうです」

「誰かが裏切って、金を横取りしたのか」

翔次郎が呟くと、小夜は意外そうな顔をした。

「なぜ、そのことを……」

「いやなに、そんなことじゃねえかと思ってな」

「兄さんの話では、焼ける家から逃げるときに、お父っつぁんから『裏切り者は茂平、金を奪ったのも、代官所に俺たちを売ったのも野郎だ』って聞かされたそうです。それで兄さんは、茂平という名前だけを頼りに、ずっとその男を捜したそうです」

「茂平なんてありふれた名前だけじゃなあ……親父さんは茂平の人相風体、どこかに傷があるなんてことはいってなかったのか」

「そういえば左の首筋に、小指の先ほどのイボがあったとか……」

「小指の先といったら、かなりでけえイボだな」

「翔次郎の旦那、イボなんてその気になれば切り落とせますよ」

「そりゃまあ、そうだな」

腕組みした翔次郎は、志乃吉の言葉に納得したように頷いた。

「五年ほど前のことですが、兄さんは仲間から首筋に大きなイボのある男が府中宿にいるということと、兄さんのほかにも茂平を捜している三人組がいることを知らされたそうです」

「それが、甚八、九助、銀治郎か」

翔次郎の呟きを聞いた小夜は、意外そうな顔をした。

「なんでその名前を……」

「まあ、いいじゃねえか。それより甚八、九助、銀治郎は、なんで茂平を捜していたんだ」

「わかりません……」

俯いた小夜は小さく首を左右に振った。

小夜は兄の米蔵が悪事を働いていることは理解していたが、それが闇烏という強盗団だということまでは知らないようだ。

「なるほどな」

「翔次郎様、兄さんは、甚八、九助、銀治郎って人たちと、どういう関係だったんですか」

「米蔵はなにもいってなかったのか？」

「府中宿にいた男が、茂平に間違いなかったこと以外はなにも……」

「やはり、そういうことか」

翔次郎はおもむろに立ち上がった。

「翔次郎の旦那、そういうことって……」

「志乃吉、とりあえず帰るぞ」

「帰るって、今夜は泊まりって仰ってたじゃないですか……」

翔次郎に腕を掴まれた志乃吉は、わけもわからず立ち上がった。

「小夜さん、今の話を奉行所で話したのかい？」

「いえ……」

「そうか、ならば聞かれたら、いまの話を洗いざらいぶちまけるんだ。下手に隠し事をすれば、お前さんもただじゃ済まないからな。それじゃ、おもしれえ話、ありがとよ」

翔次郎は礼をいうと、懐から取り出した財布を小夜に渡して部屋を出た。

志乃吉はわけもわからず、翔次郎の後を追った。

九

それから一刻後、翔次郎は雨戸を閉め切った永徳寺の本堂の中で、金八と早雲に小夜から聞いた話を伝えた。

「――というわけだ。どうだ驚いたか」

「まあね。でも闇烏の件はともかく、二十年も前に八王子で起きた押し込み強盗なんて、俺たちには関係ねえでしょ。な、早ちゃん」

「そうだよな、二十年前といったら、俺たちにとっちゃ本能寺や関ヶ原と変わらねえ遠い昔だぜ。翔ちゃんは、なんでそんなにおもしろがってんの？」

早雲と金八は、退屈そうに大あくびをした。

「なんだよ。ふたりとも冷てえじゃねえか。わかった、もう話さねえ。俺は何も話さねえからな」

翔次郎は胡座をかいたまま、くるりとふたりに背中を向けた。

「またまたあ、すぐそうやって拗《す》ねるんだから。わかりました、謝りますから話の続きを教えてください。このとおりです」

金八と早雲はその場で正座すると、本堂の床に両手をついてひれ伏した。

「わかりゃあいいんだ。じゃあ教えてやるが、闇烏が捜していた茂平が、お前さんたちも知っている野郎だとしたらどうする」

「茂平ねえ、ああ、須田町の岡っ引きが茂平親分だっ」

「金ちゃん、あのダボハゼみてえなマヌケ面が、二千両を横取りできるような男の面かよ」

早雲がチャチャを入れた。

「そんなこといったって和尚、俺はほかに茂平なんてドン臭え名前の知り合いはいねえもん」

金八は不満げに頬を膨らませた。

「美濃吉だよ。鰻鉄の……」

喉を鳴らして生唾を飲んだ金八と早雲は、思わず顔を見合わせた。

そして次の瞬間、金八と早雲は、

「ギャハハハッ」

と大笑いしたかと思うと、手足をバタつかせながら本堂の床を転げ回った。

「翔ちゃん、頭は大丈夫かよ。いうに事欠いて鰻鉄の美濃吉はねえっつうの」

早雲は作務衣の袖で涙を拭いた。

「そういうと思ったぜ。だがお前さんたちは、銀治郎が殺されたときも、米蔵が殺されたときも、美濃吉が店を留守にしていたことを忘れたのか」

「浦和の漁師の見舞いと、川崎に鰻を仕入れにいっていただけだろ。翔ちゃん、本当に頭がおかしくなったんじゃねえの。大丈夫かよ」

早雲は自分のこめかみあたりに、右手の人差し指を突き立てた。

「翔ちゃん、美濃吉はいずれ俺の親父になる男だ。それを人殺し呼ばわりするからには、それなりの証拠があるんだろうな」

金八は真顔で翔次郎を睨んだ。

気圧されたというわけではないが、翔次郎もそれほど自分の読みに自信を持っているわけではないし、とりつく島もない金八と早雲の態度は、その自信をますます揺らがせた。

「悪かった。そうおっかねえ顔で睨むなよ。美濃吉の左の首筋にある、大きな火傷疵があるだろ。美濃吉はガキの頃の火事で負ったといっていたが、俺はあの疵は美濃吉がイボを切り取って焼いた痕だと思ったんだよ」

翔次郎はそういうと、煙管のキザミに火をつけた。

「けっ、どうせそんなことだろうと思ったぜ。馬鹿も休み休みいえってえの」

翔次郎の説明にあきれた金八が、大きなため息をついたとき、山門のあたりから金八を呼ぶ声が聞こえた。

「親分っ、金八親分っ、どこにいるんですかっ！」

金八が本堂の木戸を引くと、境内にしゃがみ込む子分の熊五郎の姿がみえた。

「どうした、熊っ！」

「親分っ！　鰻鉄のお菊ちゃんが……」

涙で顔をぐしゃぐしゃにした熊五郎は、声を震わせていった。

「お菊がどうしたってんだ」

「湯島天神裏で、お菊ちゃんの死体がみつかったんですよ」

「お菊が殺されただとっ！　手めえ、嘘だったらぶっ殺すからなっ！」

金八は本堂を飛び出すと、一目散に湯島天神へと走った。

金八が湯島天神に到着すると、お菊の無惨な死体にはムシロがかけられ、すでに集まった多くの捕り方が野次馬の整理をしていた。

お菊にかけられたムシロをめくった金八は、思わず顔をしかめた。

全裸にされたお菊の死体の太ももには、股間から幾筋も流れ出た鮮血が不気味な模様を描き、豊かな左の乳房に匕首が突き立てられていた。

首にくっきりと残った指の痕をみると、お菊は強姦された上に絞め殺され、匕首で止めを刺されたのだろう。

「ひ、酷えことを……」

金八が噛みしめた下唇からしたたり落ちた鮮血が、ぽたぽたと地面を濡らした。

「熊っ、美濃吉はどうした」

「そ、それが鰻鉄はもぬけの殻でして……」

「どういうことだ……」

金八が呻くようにいって、手の甲で唇の血を拭ったとき、背後で声がした。

「この野郎、とっとと出てきやがれっ！」

金八が声の方を振り向くと、社の縁の下からお菊の着物と帯を抱えた、物乞いが引きずり出された。

一方、翔次郎と早雲は、本堂で金八の帰りを待っていた。

お菊の無惨な姿など見たくもないし、取り乱した金八の姿を見るのも忍びない。

できれば何かの間違いか、人違いを願うしかなかった。

「和尚はこの事件、どう思う」

「怒らないで聞いてほしいんだが、知らなかったこととはいえ、可哀想な女たちの髪の毛を摑まされていた翔ちゃんの気持ちはわかる。だがよ、最初から俺たちが、首を突っ込むようなことじゃねえと思っていた」

「そうか」

翔次郎は薄暗い本堂でわずかな笑みを浮かべる、煤けた釈迦如来像を睨みつけたまいった。

ことは翔次郎と早雲が、たまたま大川で見つけてしまった死体に始まった。

死体は内藤新宿の旅籠の倅で、奇遇にも翔次郎が傘張りに使う女の髪を仕入れていた銀治郎だった。

しかもこの一件で、銀治郎が甲州街道を舞台に、追いはぎや強盗で荒らし回る闇烏という悪党の一味だったことがわかり、銀治郎から仕入れていた女の髪は、奴らに殺された女たちのものであることがわかった。

翔次郎はそんな闇烏の被害者たちの供養になればと、銀治郎の死の真相究明に乗り出したが、なにもわからぬままに今度は銀治郎の仲間の米蔵が殺された。

そしてこともあろうに、事件とは関わりのないお菊が惨殺された。

「翔ちゃん、俺は馬鹿だし、縁も所縁《ゆかり》もねえ銀治郎や米蔵が殺されようがどうでもいい。だがよ、お菊ちゃんを殺した野郎は許せねえ。俺は指を銜《くわ》えてみているつもりはねえぜ」

早雲は両手の指をボキボキと鳴らした。

「和尚、町奉行所はどうするかな」

「町奉行所にとっちゃ、町人の銀治郎、米蔵、お菊ちゃんが殺されたところで痛くも痒くもねえ。三人の死をへたに結びつけようとすれば、ややこしくなるだけだぜ。適当に無宿人をふん縛って自白させ、一件落着というのがトドの詰まりだろうよ」

「それじゃあお菊ちゃんは、殺され損ということか……」

「腹が立つが、そういうことだよ」

なんともやるせない状況に、早雲が手をつけずにいた一升徳利に手をかけたとき、本堂の板戸が開いた。

憔悴しきった金八が立っていた。

「金ちゃん、何かの間違いだったろ……」

早雲の言葉に、金八は無言で首を左右に振った。

「そうか……下手人は……」

「湯島天神の縁の下に住み着いていた物乞いが、下手人としてしょっ引かれちまった。

縁の下にお菊の着物と帯を隠していやがったんだ」

　顔面蒼白の金八はそれだけいうと、力なく座り込んだ。

「後はきつめの責めで自白させりゃあ、それで一件落着か」

　早雲が吐き捨てるようにいったとき、お絹が姿を現した。

　お絹は握り飯と漬け物を載せた盆を抱えていた。

「あの、さっき、熊五郎さんがいってたこと、本当なんですか」

「ああ、お菊は何者かに手込めにされ、殺されちまった」

　金八が震える声で答えた。

「誰がそんな酷いことを……」

　お絹の声も震えていた。

「金ちゃん、鰻鉄の親父はどうしてるんだい」

「それが、姿がみあたらねえんだ。娘が殺されたってえのに、どこにいっちまったんだか……」

　吐き捨てるようにいった金八に、お絹が遠慮がちに声をかけた。

「親分、じつは昼前、神田川で猪牙舟に乗った美濃吉さんをみかけました」

「何かいってたか」

「いいえ、みかけただけです。なにか筒のようなものをたくさん積んでました」

「鰻漁に使う鰻筒だな。てえことは鰻漁にでかけているのか」

早雲はお絹から盆を受け取り、床に置いた。

「漁ならとっくに帰っているはずなのに、鰻鉄はもぬけのからなんだよ」

金八は胡座をかいた自分の右膝を叩いた。

「金ちゃん、気い悪くしねえで聞いてほしいんだが、この先、お菊ちゃんの骸はどうなっちまうんだっ」

早雲が語気を荒らげた。

「検死を終えたら、鰻鉄に届けてもらえるように手配しといた。明日の昼過ぎには、帰ってくるはずだ」

金八は、爪を噛みながら呻くようにいった。

「和尚、とりあえず一日は美濃吉の帰りを待つがこの陽気だ、お菊ちゃんの弔いは、なるべく早く俺たちであげてやるしかねえだろう」

翔次郎はそういって立ち上がった。

せっかくお絹が用意した握り飯と酒だったが、誰もそれを口にする気力も食欲もあるわけがない。

金八は虚ろな瞳で、親指の爪を噛み続けた。

十

二日後、結局、美濃吉が姿を見せぬまま、永徳寺で形ばかりの通夜と葬儀、埋葬を終えた三人は、金八を先頭に下谷御成街道を上野新黒門町の泥鰌屋「番太」に向かって急いだ。

殺された闇烏の米蔵の妹・小夜から聞いた、二十年前に八王子で起きた出来事を主人の安佐吉に確認するためだった。

三人の顔を見た安佐吉は、不愉快そうな顔で火種に煙管の雁首を近づけ、スパスパと音を立てた。

「親父さん、いまから二十年前、八王子で両替商から二千両を奪った連中のことを教えてくれねえかな」

口を開いたのは翔次郎だった。

「二十年前？　もしかして八王子の両替商『銭屋』を襲った、『つむじ風』の野郎どものことかね」

「『つむじ風』って、なんだそりゃ？」

「旦那たちが赤子の頃の話ですがね、八王子から甲州にかけて、『つむじ風』って盗人が巾をきかせてやがったんですよ。小仏峠で木賃宿をやっていた伝蔵という男が首領で、手下の鬼吉、六兵衛、市兵衛に茂平という五人組だった」

「茂平という男がいたのはたしかか」

意外にも小夜から聞いた話と安佐吉の説明は、すべて符合していた。

茂平という名前に鋭く反応した翔次郎に、安佐吉は眉根を寄せたまま視線をそらした。

「いたよ。奴らは荒っぽい手口で、押し込み強盗を働いていたんだが、舞台は甲州街道沿いの宿場と決まっていたから、江戸じゃ知られていなくても当然だな」

「荒っぽい手口ってのは……」

「『銭屋』が襲われた十日後に、八王子の酒問屋『尾張屋』が襲われたんだが、あんときも酷えもんだった。六歳と四歳くらいの兄妹は押し入れに隠れていて助かったが、店主はもちろん使用人まで素っ裸にされて着物を奪われ、しかも全員首の骨を折られた上に、心の臓を門刺しでブスリでさあ」

「なるほどな。親父さん、その茂平だが……」

安佐吉は身を乗り出した翔次郎を制するように、右手を開いて突きだした。

「旦那、慌てなさんな、いまその話をするところなんだから。で、『尾張屋』が襲われた三日後のことだが、村役人のところに投げ文があったんだ」

「投げ文？」

「ああ、そこに伝蔵と鬼吉、六兵衛、市兵衛のヤサが書かれていた。それを見た八州廻りの旦那は半信半疑だったが、内偵を進めてみるとすべて本当のことということがわかってな。おかげで四人とも、八州廻りの旦那が隠れ家に火をつけ、飛び出てきたところを問答無用で叩っ斬っちまったというわけだ」

「茂平は無事だったのか……」

「無事に決まってるだろう。その茂平が仲間を売ったんだからよ。奴は仲間が殺されている間に、『銭屋』の井戸に隠してあった二千両を独り占めにしたんだ」

「親父さんはなんでそのことを……」

「鬼吉が殺される前、べらべら喋ったんですよ。『つむじ風』は用心深い連中でね、目撃者は女子供であろうと皆殺しだ。分け前を分配するときも、錠前と鍵を割り符に使っているとかで、盗人連中にも一目置かれていたんだ。それが茂平の裏切りにあい、鬼吉までが経緯をべらべら喋ったってことは、首領の伝蔵も焼きがまわっていたってことだろう」

安佐吉はそういうと深々と煙草を吸い、団子鼻のふたつの穴から紫色の煙をもうもうと吐き出した。

「割り符に使っていた錠前と鍵というのは？」

「盗人連中の噂だから、詳しいことはわからねえんですよ。そんなことより、問題は闇烏なんですよ」

前回に会った時には、何かを隠しているかのように、金八たちを追い出した安佐吉が、なぜか自分から話をはじめた。

「問題は闇烏？」

「ええ、奴らは俺が番太を辞めてから、突然、現れやがったんだが、首領の甚八は『つむじ風』の下っ端だった鬼吉の倅でな、もともとは五人組だったようだが、仕事の最中に脚を大怪我した野郎が足を洗い、今では鬼吉の倅の甚八、伝蔵の倅の米蔵、六兵衛の倅の九助、市兵衛の倅の銀治郎の四人組だ」

「大けがして足を洗ったという奴は……」

「残念だが、そこまではわからねえが、こいつらは親父たちを裏切って、二千両を独り占めした茂平を捜し出すために、盗人の世界に足を踏み入れたようなんですよ。蛙の子は蛙というが、こいつらの手口も酷えもんでね、追いはぎにしても必ず被害者を殺して口封じするから、代官所も八州廻りも尻尾を摑めなかったんだ」

「それじゃあ、茂平の居所は……」

「旦那、あっしをどこまで試せば、気が済むんですかい。武蔵府中宿の『大國』が焼けた日、四人組のヤクザが泊まっていたことは、とっくに調べがついているんでしょう？　しかも美濃吉の女房と娘を殺した手口は、『つむじ風』とまったく同じということも」

「ま、まあな」

「『大國』の主人の美濃吉が本当は茂平で、四人組が闇烏だとすれば、証拠はねえがすべて辻褄があうことも、わかってるんでしょ。だからこの前、『大國』の主人が鰻鉄の美濃吉だってことをあっしに教えたんじゃねえんですか」

「わかった。さすがは元目明し番太だ。もう隠し事はせぬ、たしかにそういうことだ」

翔次郎は感心したように腕を組み、大きく頷いた。

「ならば金八親分、とっとと鰻鉄の美濃吉をとっ捕まえるのが先決でしょ」

安佐吉は煙管にキザミを詰め直すと、もう一度、火をつけながら、翔次郎の脇で黙りこくる金八を上目遣いに睨みつけた。

「それはそうなんだが……。三日前に品川で闇烏の米蔵が殺され、一昨日、美濃吉の娘が殺されたんだ」

「美濃吉はどこに？」

「一昨日、鰻漁にでかけたまま、姿を隠しちまったんだ」

「なんてこった」

安佐吉は突然咳き込み、大量の紫煙を吐きだした。

「親父さんは、どう思う」

「どうもこうもねえでしょう。闇烏の連中は、鰻鉄の美濃吉が茂平であることを知り、銀治郎に奴を襲わせて二千両のありかを吐かせようとした。だが銀治郎は逆に返り討ちにあって殺され、次いで米蔵も殺された。美濃吉の娘が殺されたのは、残った甚八と九助の報復……としか、考えられねえでしょう」

「報復……やはり、そう考えるべきだろうな」

安佐吉の話はすべて辻褄が合ってはいるが、なにひとつ証拠があるわけでもないし、それが闇烏の報復とわかったところで、お菊が生き返るわけではない。

しかも、このままいけばお菊殺しの下手人は、湯島天神で捕まった物乞いということになってしまう。

金八は下唇を噛んだ。

「親分、もういいですか。これ以上、あっしが出る幕はねえでしょう」

安佐吉はそういうと、悲しげな目で金八をみた。

三人は引き下がるしかなかった。

翌日、翔次郎たち三人は、美濃吉が借りていた闇蔵の前に立っていた。

その扉は錠前の他に、美濃吉と書かれた千社札で封印されていた。

「金ちゃん、やっぱりまずいよ。まだ美濃吉が茂平といえる証拠はねえんだぜ」

翔次郎や金八と気持ちは同じだが、自分の寺の地下で運営している闇蔵商売の行く末を思い、早雲は美濃吉に貸した闇蔵を暴くことを拒んだ。

「うるせえっ、その証拠を摑むために開けるんじゃねえか。いいか、たかが鰻屋風情が、年に三両もの金をかけて隠さなければならないものってのは何だ。いいから早く錠前を開けやがれっ！」

金八は飛び上がって早雲の頭を殴った。

「翔ちゃん、本当にいいのかよ」

早雲は翔次郎に助けを求めたが、翔次郎は腕を組んだまま何も答えない。

「和尚、隠してあるのが、盗んだ二千両の一部だったらどうする」

「金ちゃん、小判がみつかったって、なんの証拠にもならねえじゃねえか。なあ、翔ちゃん」

「それがわかるんだよ。俺たちが使っている天保小判が世の中に出回ったのは天保八年十一月のことだ。つまり、二十年前に『つむじ風』が盗んだ二千両の一部なら、ひと回り大きい文政小判のはずなんだよ」

翔次郎の淡々とした説明に、早雲は返す言葉がなかった。

それでも万が一、美濃吉が茂平ではなかったとしたら、これまで築き上げてきた闇蔵商売の信用は根底から崩れることになり、それは同時に取り分を失うことでもあった。

早雲は情けない顔で金八をみたが、惚れた女を惨殺された金八に、欲得がらみの早雲の気持ちなど通じるはずがなかった。

金八はぐずる早雲を横目に、千社札の封印を引っぺがした。

それをみた早雲は、しぶしぶ例の技を使って美濃吉の錠を開けた。

そして扉の中から中箱をとりだして下に置いた。

「早ちゃん、さっさと内蓋を取れよ」

早雲が内蓋をはずすと、金八と翔次郎が提灯で箱の中を照らした。

「なんだこりゃ」

早雲は箱の中から、紫色の袱紗に包まれた横長の何物かをとりだし、手のひらの上で袱紗を解いた。

「鍵穴が四つある錠前に鍵が三本って、なんじゃこりゃ」

早雲が素っ頓狂な声を上げた。

「錠前に書かれた文字は、なんて書いてあるんだ」

「えーと、真ん中にでかい文字が伝で、鍵穴の上が鬼、六、市、茂だ」

「伝蔵の伝に、鬼吉、六兵衛、市兵衛、茂平の頭文字ってことは、これが安佐吉のいっていた『つむじ風』の割り符の錠前と鍵だ。ついに茂平が美濃吉という証拠を摑んだぜ」

「翔ちゃん、それってどういうことだい」

「つまり、盗んだ獲物によっちゃ、その場で五等分できないこともある。そういうときは首領が金に換え、後日、代理人がどこかに集まって分配したんだろう。そのときに一味の証としてこの鍵を持ちより、錠前を開けてみせたんだ」

「でも鍵穴は四つなのに、なんで鍵が三本しかねえんだよ」

「そこがまさに鍵だな……」

翔次郎はそういうと、さっさと表へと向かった。

第三章　裏切りの代償

一

美濃吉に貸した闇蔵を開けてから、三日目の早朝。

雨戸を閉め切った永徳寺の本堂で、翔次郎、金八、早雲の三人は車座になって角を突き合わせていた。

三人の前には美濃吉が隠していた錠前と鍵、文政小判が三百両、そして一丁のピストルが置いてあった。

この頃、上方には抜け荷のピストルがかなり出回り、江戸でも見受けられるようになっていたが、三人には使い方もわからない武器だった。

「翔ちゃん、美濃吉が茂平であったことはよ、闇蔵から出てきた錠前と鍵と小判が動かぬ証拠といえるよな。それで頼みなんだが、この事件はややこしくていけねえ。翔ちゃんの読みを聞かせてくれねえか」

　金八は翔次郎の茶碗に酒を注いだ。

「ことの原因となったのは二十年前に八王子で起きた『銭屋』という両替商襲撃事件だ。この事件で奪われた二千両は井戸に隠され、『つむじ風』がほとぼりを冷ましている間に、茂平が仲間を売って横取りした。その後、茂平は姿をくらまし、美濃吉という名に変えて五年前に府中宿に現れた。そして老舗旅籠『大國』を買い、料理茶屋を始めたというわけだ」

「そうそう、そういうことだよな。確か美濃吉は、実家の親父が残してくれた二百両で『大國』という旅籠を買ったとかいってたけど、府中宿の旅籠はどれも本陣みてえに豪華だったもんな。俺たちが泊まった中屋と同じ程度の旅籠だって、百両二百両で買える代物じゃねえよな」

　金八は頷きながら右手で頬杖をつき、翔次郎は懐から煙草入れを取り出して銀煙管にキザミを詰めた。

「一方、二千両を横取りして裏切った男が茂平と知らされた伝蔵の倅の米蔵は、茂平を捜すうちに甚八、九助、銀治郎が、自分と同様に茂平を追っていることを知って仲間になり、それが闇烏になった。そして闇烏は五年前、名前を美濃吉に変え、府中宿の料理茶屋の主人に収まっている茂平を見つけ出した。五年前のあの日に『大國』を襲ったが、その晩、賭場にいた茂平は夜中になっても帰らず、逃げられたと思った四人は、みせしめに茂平の女房と娘を『つむじ風』の手口で殺し、『大國』に火をつけた。女房や娘の死に様に、茂平は自分を追っている者の存在に気付き、店の土地を二束三文で売り払い、江戸に逃げて鰻鉄を始めたというわけだ」

金八は何度も頷きながら、茶碗の酒を一口舐めた。

「金ちゃん、悪かったな」

「翔ちゃん、いきなりなんだよ」

「いや、俺がもう少し早く茂平が美濃吉と気付いていたら、お菊ちゃんはあんな目にあうこともなかったんだ。すまなかった」

翔次郎は金八に向かって頭を下げた。

「おいおい、止めてくれよ。翔ちゃんが美濃吉は茂平で、首の火傷疵は特徴のイボを切って傷口を焼いた痕だっていうのに、俺はまるでとりあわずに笑い転げちまったんだ。しかも証拠がどうのと、翔ちゃんを馬鹿呼ばわりしちまったんだ。そうだったよな、早ちゃん」

「ああ。謝らなきゃいけねえのは俺たちだ。翔ちゃん、すまなかった」

早雲がそういって頭を下げると、金八も頭を下げた。

しばしの沈黙の後、同時に面を上げた三人は顔を見合わせた。

「翔ちゃん、そうなると銀治郎と米蔵を殺したのは、やっぱり美濃吉ということになるんだろうな。翔ちゃんがいうとおり、美濃吉はふたりが殺されたとき、浦和だか川崎だかにいっていて、留守にしてやがったものな」

「そういうことだ。金ちゃんよ、ふたりの仲間を殺された闇烏の復讐で、罪もねえお菊ちゃんが殺されたなんて、可哀想過ぎるぜ。殺されるなら、美濃吉が殺されりゃいいんだ。それが因果応報ってもんじゃねえのか、和尚っ！　神も仏もねえってのはこのことじゃねえのかっ！」

翔次郎は茶碗の酒を一息で呷った。

「金ちゃん、翔ちゃん、神も仏も見放した外道が相手なら、ここは鬼の出番だ。この俺が鬼になってやるからよ」

両目を真っ赤にした早雲は、まさに悪鬼の形相でいった。

「翔ちゃん、このピストル、俺がもらってもいいかな」

金八は目の前に置かれた銀色のピストルを手にした。

冷たく、ずしりと重い感覚が、金八は妙に心地よいと思った。

「かまわねえが、使い方は知ってるのか」

「なんとかなるだろ」

「なら、好きにすればいいさ」

金八の気持ちが痛いほどわかる翔次郎は、なにかを決意するかのように、金八の茶碗になみなみと酒を注いだ。


翌日の暮れ六つ、翔次郎と志乃吉は、土産の天ぷらを提げて永徳寺の山門を潜った。するると本堂の方から、男女のなじり合いが聞こえてきた。

「旦那、あの声は和尚ですよね」

「ああ、それじゃあ相手はお絹か」

「いったい、何を揉めているのかしら」

志乃吉と翔次郎は本堂へと急いだ。

「だからお絹さんに、危ねえ橋を渡らせるわけにはいかねえんだよ。何度いったらわかるんだっ」

「和尚様、そんなことといったって、甚八の顔を知っている人間は私だけなんですよ。顔や背格好も知らずに、どうやって甚八を捜せるっていうんですかっ！」

腕を組んでそっぽを向く早雲、その裾に取りすがって意見をいいつのるお絹。

金八はどうすることもできず、おろおろとしてふたりの周りを回っているばかりだった。

「こらっ、和尚っ、みっともねえ。声が山門の外まで響いているぞっ」

ほろ酔い加減の翔次郎が怒鳴った。

「あ、翔ちゃん、いいところにきてくれた。このわからず屋に、何とかいってやってくれよ」

早雲は取りすがるお絹を振り払い、その場に座り込んだ。

「何とかいってくれったって、何がどうしたってんだ。金ちゃん、わけを説明してくれ」

翔次郎は早雲たちに背を向けるようにして、本堂に上がる階段に腰掛けた。

金八もすぐさま翔次郎の隣に腰掛けた。

「じつは『番太』の親父から連絡があったんだ」

「安佐吉から？」

「ああ、千住宿に甚八らしき野郎が潜伏しているって」

「甚八だとお？　間違いねえのか」

「わからねえよ。だけど目明し番太だった親父の情報網ってのは凄まじいもんでさ、俺ら岡っ引きの情報網とは比べものにならねえんだ。町方はもとより、ヤクザに女衒、駕籠舁きや全国を行脚する旅役者にまで協力者がいるそうなんだ」

「目明し番太ってのは凄えもんだな」

「蛇の道は蛇だからな。昔取った杵柄とはいえ、この手の情報収集能力は、俺たちとあの親父とでは天と地ほど違うんだ。八州廻りってのは、お白州での吟味もなしに切り捨て御免が許されているだろ。そんな八州廻りに、目明し番太が情報をわたしていることを知らない悪党はいないからね。目明し番太に情報を渡して貸しを作っておけば、いずれ貸しは返してもらえる。それが手めえの命を助けるってこともあるってわけさ」

「ようするに持ちつ持たれつってわけか。だが安佐吉は、もう自分の出る幕はねえっていってたじゃねえか。なんで甚八の居所を教えてくれたんだ」

「そんなことわからねえよ。でも今はそんなこと、どうでもいいじゃねえか」

金八はくりくりとよく動く大きな瞳を輝かせた。

「もうひとり、九助とかいう野郎はどうなんだ」

「安佐吉の話によると、甚八は犬だか狸だかの毛皮を腰に巻いた野郎と一緒らしいんだが、そいつが九助かどうかはわからねえんだそうだ」

「場所は」

「小塚原の月桂寺近くに、妙興寺って荒れ寺があるんだが、そこに出入りしているのをみた者がいるらしい」

「小塚原か、奴らの最後にふさわしい場所じゃねえか。それはそうと、なんだって和尚とお絹は揉めてるんだ」

翔次郎は、ふくれっ面で早雲を睨みつけるお絹をみた。

「それが、この話をお絹さんに聞かれちまったら、甚八の顔を知っているのは自分だけだから、一緒に捜しにいくってきかねえんだ」

「そういうことか……」

翔次郎が姿勢を直したとき、背後からお絹が声を上げた。

「翔次郎様、お願いだから、私にも手伝わせてくださいよ。私が手伝って甚八が捕まってくれりゃ、私だって枕を高くして眠れるじゃないですか。お菊ちゃんとは知り合ったばかりだったけど、あの娘ったらまるで姉のように、私を慕ってくれていたんですよ。それをあんな目に遭わせた野郎を、私は絶対に許せないんですよ」

翔次郎の背に次々と投げかけられるお絹の言葉は、いつの間にか泣き声に変わっていた。

「お絹さん、わかったからもう泣くねえ」

翔次郎は、ことのほか女の涙に弱かった。

女の涙をみてしまうと、決して嫌とはいえなくなるのだ。

「金八親分は、どうするつもりなんだ」

「どうもこうもねえよ。俺は今夜にでも千住宿に向かうつもりだ」

「小塚原は遠いぜ。もしなんかあった場合、お前さん、どうするつもりだ。お菊の一件は、物乞いの打ち首で一件落着しちまったんだろ」

「ああ、そういうことだ」

「じゃあ、町奉行所は動かねえだろ」

「そ、それはそうだけど……」

「冷てえ野郎だな、明日、俺と和尚が一緒にいったんじゃ嫌なのか？」

「しょ、翔ちゃん」

金八は下唇を突きだし、大きな目からポロポロと涙をこぼした。

「おいおいおい、勘弁してくれよ、涙はお絹さんだけで十分だよ。そうだ、天ぷらを買ってきたんだ。皆、腹が減ってるだろう。お絹さん、酒の準備、頼むぜ。あとは天ぷらを食いながら話そうじゃねえか」

「はい」

志乃吉から天ぷらの包みを受け取ったお絹は、涙を袖でぬぐいながら庫裏へと走った。

「金ちゃん、もし甚八がみつかったらどうするつもりだ」

「どうもこうもねえよ。お上がはびこる悪にお構いなしというなら、俺が天に代わってこいつで成敗してやるんだ」

金八は懐からピストルを取り出した。

「使い方もわからずに、よくいうぜ」

「なあに、じつは安佐吉が使い方を教えてくれたのよ。奴らはお菊の仇、絶対に生かしちゃおかねえ」

金八は両手でピストルを構え、ご本尊の釈迦如来像に狙いを定めると、親指で撃鉄を起こし、引き金を引いた。

轟音とともに金八はもんどりうち、発射された銃弾はあらぬ方角に飛んだ。

「す、凄え……」

「金ちゃん、いいかげんにしろいっ！」

翔次郎は金八の手からピストルを取り上げようとした。

「やめろよ、これは俺のもんだっ！　翔ちゃんには剣術があるが、俺にはこいつ以外、お菊の恨みを晴らせるものは何もねえんだよっ！」

金八はピストルを両手で抱え、その場でうずくまった。

確かに金八が言うように、我流とはいえ早雲はかなりの槍使いだし、翔次郎は神田お玉が池の玄武館で北辰一刀流免許皆伝を受けている。

だが所詮、早雲も翔次郎も人を殺めたことも斬ったこともない。

父から譲り受けた堀川国広の業物《わざもの》にしても、刀身に彫られた梵字と不動明王が気に入っているだけで、人前で抜いたこともない。

お菊の怨みを晴らすと口でいうのは簡単だが、外道のうえに修羅場を潜ってきた甚八の実戦的な喧嘩殺法など、翔次郎には想像もつかなかった。

「俺は絶対に、こいつでお絹の怨みを晴らすんだっ！」

金八はうずくまったまま叫んだ。

子供の頃、隣町の悪ガキどもと喧嘩をしても、最初にピーピー泣き出すのは決まって金八だった。

そんな金八がお菊の仇を討つためには、一撃すれば頭蓋骨も吹き飛ばす飛び道具に頼りたくなるのも仕方がなかった。

「金ちゃん、わかった、もういいよ」

「翔ちゃん、小塚原へはどうやっていく？」

「志乃吉にいって屋形船を借りさせる。それで大川を上って千住大橋までいくつもりだ」

「そうか。ことによったら、何日も見張ることになるかも知れねえから、どこか宿を決めといたほうがいいんじゃないか」

座り直した金八が上目遣いで聞いた。

「バーカ、だから屋形船にするんじゃねえか。俺たちが甚八らしき野郎を見つけたら、屋形船で待機しているお絹を呼んで面通しさせる。お絹をウロつかせて、奴らにみつかっちまったら大変だからな」

「なるほど。屋形船なら寝泊まりもできるし飯の支度もできる。それにこいつの練習も楽勝だな」

金八は感心したように、何度も大きく頷いた。

「それから金ちゃん、すまねえが明日の朝は子分の熊五郎を連れてきてくれ」

「別にかまわねえけど……」

「なあに、あの入道のような和尚は目立ってしょうがねえだろう。和尚には屋形船に控えてもらい、お絹や志乃吉の面倒をみてもらおうと思うんだ。俺と金ちゃんのふたりじゃ、やっぱり手が足りねえだろ」

「そういうことなら、熊公の相棒の寅蔵も呼んどくよ」

「ほう、熊に寅か。こいつぁあ心強えな」

翔次郎のどうしようもない駄洒落に、金八が大袈裟に笑った。

張り詰めていた緊張が一気にほどけ、本堂の中で苦虫を噛み潰したような顔をしていた早雲も、腹を抱えて笑い出した。

それをみていた翔次郎もつられて笑い出した。

――とりあえず笑うしかねえだろう。

目で語りかける翔次郎に、志乃吉はかすかな笑みを浮かべて頷いた。

二

翌朝、明け六つ半（午前七時）。

柳橋近くの河岸を出た屋形船は、大川に出ると早雲、熊五郎、寅蔵の三丁艪になったせいか、逆流にもかかわらず川面を滑るように大川を遡上した。

どこで調達したのか、肌色の股引に絣の着物の裾をはしょり、小汚い手ぬぐいを被って艪を漕ぐ早雲の姿は、どこからみても体格のいい船頭だ。

「しかし、志乃吉姐さんまで、ついてくるこたあなかったんだぜ」

金八はそういいつつも、嬉しそうだった。

「親分、いっちゃなんですが、獣三人の中にお絹ちゃんを置いとくわけにはいきませんからね。それにこれだけの屋形船だってのに、夕方、三味線のひとつも聞こえなかったら、それこそ怪しまれちまうじゃないですか」

渋めの紺色の着物の襟に、緋色の襦袢をのぞかせた辰巳芸者流の粋な出で立ちでやってきた志乃吉は、三味線を納めた袋を脇に置いた。

「なるほどねえ、確かに姐さんのいうとおりだ」

お絹が作った握り飯を頬張りながら、金八が何度も頷いた。

「あの、和尚様におにぎりをお持ちしてもよろしいでしょうか」

お絹は丸い盆に載せた握り飯と香の物、味噌汁の椀を翔次郎にみせた。

「おう、お絹さんの握り飯を食えば、和尚も百人力だ。あの腹っぺらしに、艪を握るのはゆっくり飯を食ってからでかまわねえといってくれ。それから熊と寅に舳先に来るようにいってくれ」

翔次郎は気をきかせ、舳先側の障子を開けて外に出た。

翔次郎の気働きを察した志乃吉が、握り飯の盆を抱えた金八の襟首を摑んで後に続いた。

「翔次郎の旦那、もう首尾の松ですよ。気持ちのいい朝ですねえ」

志乃吉は、舳先の船縁に寄りかかった。

翔次郎は舳先に立ち、夏の川風にしなやかな総髪をそよがせている。

「金ちゃん、俺たちはもう、ここで鰻釣りをすることもねえのかな」

鰻鉄の美濃吉は、自分の正体が闇烏の甚八にバレて娘を殺された以上、店に戻ることはないだろうし、そうなれば首尾の松の前でいくら鰻を釣り上げたところで、翔次郎たちが卸す店がなくなるのだ。

「翔ちゃん、江戸市中には二百軒以上の鰻屋があるんだ。鰻鉄がなくなったって『番太』があるじゃねえか」

金八は両手に持った握り飯を交互に囓りながら、当たり前のようにいった。

「そうはいうが『番太』は泥鰌屋だろ」

「大丈夫だよ、あすこの親父は小っちぇえ泥鰌を捌いているんだぜ。鰻に鯰《なまず》、ことによったら、人だって三枚に卸しちまうんじゃねえか」

「そんなもんかねえ」

金八にとって、お菊がいた鰻鉄が特別でないわけがないにもかかわらず、鰻鉄がなくなっても次があると虚勢を張る、金八の胸の内を思うと翔次郎の胸が痛んだ。


同じ頃、怪しげなふたりの男が小塚原の荒れ寺を出た。

そのまま千住大橋を渡って川沿いを下り、宮城村へと向かった。

川沿いは右も左も見渡すかぎりの田んぼで、実をつけ始めた稲穂が風にざわめいている。

「甚八兄貴、朝っぱらから、どこに出かけようってんだい」

腰に毛皮を巻いた男が聞いた。

甚八と呼ばれた男は五尺三寸程の中肉中背、顔にもこれといった特徴はない。

きものの着崩し方や歩き方は確かにヤクザのそれだが、田舎者らしくどこか間が抜けている。

この男が残虐な闇烏の首領といわれても、誰も気付くことはなさそうだ。

「九助、この先に木余り寺とかいう寺があってな、そこに向かってるんだよ」

「俺たちは凶状持ちってわけでもねえんだから、こんなクソ淋しい場所じゃなくて、もっと人がたくさんいる城下に行った方が、目立たなくていいんじゃねえのか」

「確かにそうかも知れねえな。昨日、小塚原の仕置き場に、茂平の娘殺しの下手人として房州無宿人の首が晒されていやがった。俺たちが殺ったとも知らずに、それで一件落着ってんだから、江戸の町奉行所も大したことねえみてえだしな」

「兄貴もそう思うだろ。だのになんで、木余り寺とかいう寺にいくんだい……」

「かれこれ江戸にきて二十日余り、手持ちの金も尽きてきたんだよ」

「金なら、俺が二両ほど持ってるよ」

「そりゃあ心強えな。じつは二日前、銀治郎に預けた五十両を奴のお袋から返してもらおうと思い、内藤新宿まで行ったんだ。そうしたらあの婆、いまは手持ちがねえから、明後日、木余り寺に来てくれなんていいやがったんだよ。あの婆は、銀治郎のお袋様だし、親父の仲間の女房だからな。やりにくいったらありゃしねえぜ」

「そうだよな。あの婆、倅の仲間だからってこともあるんだろうが、未だに俺たちをガキ扱いしやがるからな」

「ま、銀治郎は殺されちまったし、あの婆と会うのもこれが最後だけどな」

甚八はそういうと、足下に転がっていた石ころを拾い上げ、川面に向かって全力で投げた。

「兄貴、それにしてもこのあたりは、内藤新宿から離れ過ぎちゃいねえか」

「そりゃそうだ。さっき渡った橋をまっすぐに行けば千住宿、その先は中山道。武州者の俺たちもびっくりの肥臭え田舎だからな」

「木余りなんとかってのは、いったいなんなんだい」

「この先にある性翁寺って寺の別名だ。おたね婆がいうには、そこが菩提寺なんだぞうだが、そこの住職に五十両貸したんだとよ。それを返してもらって俺に返すんだとよ。それよりお前の小汚え犬の毛皮、なんとかならねえのかよ」

甚八は九助の腰に巻かれた、毛皮の腰巻きを蹴り上げた。

「これは犬じゃねえよ、正真正銘の熊皮だよ」

九助はさらなる甚八の蹴りを避け、一気に駆けだした。

ほどなくしてふたりが木余り寺に到着すると、すでに山門の前でおたねが待っていた。

「遅かったじゃないの」

おたねはそういうと、山門の前から隅田川へとつながる道を歩き出した。

「すまねえ、江戸もこのあたりになると、からっきしわからねえもんだから」

おたねの横柄な物いいに、甚八のこめかみに青筋が浮かんだ。

だが甚八は頬を引きつらせつつも、ぺこりと頭を下げた。

「昨日、茂平が訪ねてきたよ。あの馬鹿、あたしに手めえの正体がバレていることも知らずに、鰻鉄の美濃吉だなんてぬかしやがったんだ」

「奴はなんだって……」

「武州無宿人の、甚八と九助というふたり組が来なかったかって、切り餅をふたつ差し出しやがった」

「もちろん、俺たちの居所はいわなかっただろうな」

「当たり前だろ。でもね、あたしが何もいわないでいたら、あの野郎、手めえから『俺はつむじ風の茂平だ』って正体を明かしやがったんだ。そして真っ昼間だってえのに、あたしの喉元に匕首を突きつけやがったんだよ」

「あの野郎……」

「あたしも命は惜しいし、目の前に置かれた五十両をそのままにする馬鹿はいないからね」

「ま、まさか、五十両ほしさに、俺たちを売ったのかっ！」

甚八はおたねの胸ぐらを摑んだ。

「馬鹿なことをおいいでないよ。お前さんたちが野郎を始末できるように、今日の夜四つ、あんたたちに会わせてやるから、小塚原の仕置場に来いっていったんだよ」

おたねは甚八の手を振り払い、乱れた襟元を整えた。

「クソ婆、いいから、さっさと金をよこしやがれ」

おたねは手提げ袋から取り出した、二十五両の切り餅をふたつ甚八に渡した。

「そうそう、それから茂平が帰った晩のことなんだけどさ、近所の居酒屋に八王子で目明し番太をやっていた安佐吉がいやがったんだ。あの狛犬みたいなツラは一度みたら忘れられないからね」

「野郎は十年も前に、目明し番太を辞めたはずだろう」

甚八はおたねから受け取った切り餅を懐に収めた。

「江戸のどこかで食い物屋をやっているって噂だけどさ、それが小塚原を根城にしている駕籠舁の頭と会ってたんだよ」

「駕籠舁？」

「あいつらは町方も一目置くくらい、お江戸の裏事情に詳しいからね。闇烏のあんたたちが小塚原に隠れているってときに、元目明し番太が小塚原の駕籠舁の頭と会っていたとくりゃ、馬鹿でも変だと思うだろ。しかも、その前に茂平まで現れやがったんだから」

「茂平と安佐吉がつながっているってことか？」

「なにしろあいつは、仲間を八州廻りに売った男だからね。そうだとしても不思議はないだろ。あんたたちだって不案内な江戸で、駕籠を使わないわけにはいかないんだからさ。茂平にあんたたちの足取りを摑まれる前に、茂平を殺っちまったほうがいいと思ったのさ。それであんたたちに会わせるっていったんだよ」

「そういうことか……」

「確か、あんたたちが隠れている荒れ寺ってのは、小塚原の山王社の向かいだったよね。あたしは間違いなく、今夜の四つ過ぎに茂平を連れて行くから、あんたたちも、しっかりと野郎を殺る準備をしておいておくれよ」

おたねはそういうと、千住大橋に向かって歩き始めた。


その日の夜四つ前、浅草から山谷界隈で甚八たちを捜していた熊五郎と寅蔵は小塚原に戻り、仕置場に晒された首の前で立ち止まった。

仕置場の常夜灯がともっているだけで、あたりは漆黒の闇に包まれ、虫と蛙だけがうるさく鳴いているだけで人影もない。

「兄貴、あの無宿人、可哀想な奴だな」

寅蔵は目の前に晒されている生首を見ていった。

「そうだな。湯島天神の縁の下をヤサにしていたばっかりに、お菊ちゃん殺しの下手人にされちまったんだからな。だけど寅、そんなこと二度と口にするんじゃねえぞ」

「へ、へい……」

「寅、ちょっとあすこをみてみろ」

熊五郎は右手の指先だけで、浅草の方からこちらに向かってくる、提灯を持ったふたり連れを指さした。

「兄貴、あの提灯をもった頭巾の女はわからねえけど、男の方は鰻鉄の美濃吉じゃねえですか」

熊五郎は提灯の薄明かりに浮かぶ、ぼんやりとした男の顔に目を懲らした。

「おう、美濃吉に間違いねえ。寅、親分はこの先の牛頭天王社のあたりにいるはずだ。おめえはすぐにいって、親分に知らせるんだ。俺はふたりを尾ける」

「へいっ！」

寅蔵はすぐさま五丁ほど先にある、牛頭天王社に走った。

一方、下谷通新町をぶらついていた翔次郎は、町外れにある牛頭天王社の角を右に曲がった。

暮れ六つから、かれこれ一刻半近くうろついてみたが、翔次郎にはそれらしいふたりをみつけることができなかった。

「おう、翔ちゃん。そっちはどうだった」

牛頭天王社の鳥居の陰から金八が声をかけた。

「腰に毛皮を巻いた野郎なんて、誰もみたことねえの一点張りだ」

「こっちも同じようなもんだ。さっき月桂寺わきの荒れ寺にいってみたが、一升徳利に茶碗がふたつ。確かに誰かがいたような形跡はあるんだが、それが甚八と九助のものとは限らねえし、人影もまるでなしだ」

そういって小さなため息をついた金八の前に、小石に躓いた寅が転倒した。

「何だ、寅じゃねえか。どうしたい、慌てて」

「お、親分、み、美濃吉の野郎が……」

寅蔵はその場に座り込み、肩で息をしながら仕置場のあたりを指さした。

「美濃吉がどうしたってんだ。ちゃんと説明しろいっ」

「へい、浅草の方から、頭巾を被った女連れでこっちに向かってます」

「熊はどうしたっ」

「ふたりの後を尾けてます」

寅蔵の話を聞き終える前に、両手で着物の裾を持った翔次郎は走り出した。

「寅、手めえもさっさと案内しやがれっ」

金八は十手を抜くと、翔次郎の後を追った。

小塚原の仕置場の前に到着したおたねと美濃吉は、物陰に隠れて見張っている熊五郎に気づくことなく立ち止まった。

「けっ、こいつがお菊殺しの下手人だと？　とんだ茶番だぜ」

晒し首をみた美濃吉は、その場に唾を吐いた。

「美濃吉さん、間もなく四つ（午後十時）だよ、急ごうよ」

「甚八たちが隠れている、小塚原の山王社ってのはまだ遠いのか」

「右手の田んぼの間の農道を隅田川に向かって真っ直ぐ、二丁ほどいった先を左に曲がれば、あとは道なりだよ」

「おたね、俺を騙しているわけじゃねえだろうな」

「馬鹿なことをおいいでないよ。さあ、急ぐよ」

おたねはそういうと、美濃吉の前に立って農道に向かった。

ふたりが闇に消えたのを確認した熊五郎が、物陰からそっと出たとき、翔次郎と金八、寅蔵が到着した。

「熊、美濃吉はどこにいった」

「あれです」

熊五郎が田んぼの中で揺れている、小さな提灯を指さした。

「熊、絶対に間違いねえんだろうな」

「へい、親分。美濃吉はそこの晒し首を見て、『こいつがお菊殺しの下手人だと？　とんだ茶番だぜ』といっていたし、おたねとか呼ばれた女は、小塚原の山王社がどうとかいって、急いでいました」

「金ちゃん、おたねってのは銀治郎のお袋じゃねえのか。だとしたらおかしな話じゃねえか」

「そうだな、だがとりあえず追いかけるしかねえ。熊っ、小塚原の山王社っていってたんだな。よし、熊は屋形船の和尚に知らせろ、寅は中村町の方から回れ、ここは美濃吉でもかまわねえから挟み撃ちにするんだ」

　金八と翔次郎は、すぐさま美濃吉たちの後を追った。

三

　おたねの持つ提灯まで一丁ほどに近づいたところで、翔次郎はふたりに気取られぬよう走るのを止めた。

「金ちゃん、ここからは早足だ」

「わかった。翔ちゃん、さっきの件だけど」

「おたねのことか？」

「ああ。なんで、おたねが美濃吉を案内しているんだ」

「わかんねえよ、そんなこと。とにかく急ごう、山王社はまもなくだ」

翔次郎と金八はさらに早足になった。

そして美濃吉たちとの距離が、二十間ほどになったとき異変は起こった。

おたねがちょうど山王社の鳥居の前に立ったとき、真っ黒い影が飛び出し、おたねに激突した。

「痛っ、甚八じゃないか、何するんだよ！」

その場で尻餅をついたおたねが怒鳴った。

「おたね。手めえ、裏切りやがったなっ！」

怒鳴り返した影は、右手に匕首を握った甚八だった。

異常を察した美濃吉は、素早く鳥居の柱に身を潜めた。

「じ、甚八。裏切ったたって、なにいってんだよ」

「うるせえっ！」

甚八はおたねの言葉に耳を貸さずに、その胸に二度三度と匕首を突き立てた。一瞬のできごとに、翔次郎たちはどうすることもできなかった。

甚八が五度目の突きをくわえたとき、鬼のような形相で袖にしがみついたおたねは口から血を吐き、ずるずるとその場に崩れた。

甚八はおたねの胸に突き刺した匕首を引き抜くと、ろくにあたりの確認もせずに、千住大橋のほうに脱兎のごとく駆けだした。

女を刺すことにも、逃げることにも一切の躊躇を見せない、手練れの盗賊ならではの動きだった。

その時、翔次郎たちとは反対の方角から走り寄った寅蔵が、両手を広げて仁王立ちになって甚八の進路を塞いだ。

だが甚八はここでもまた躊躇せずに突進し、寅蔵をはじき飛ばして近くの長屋の横町に逃げ込んだ。

「寅っ、追うんだっ！」

金八が叫んで突進すると、鳥居を盾にして身を潜めていた美濃吉が左右をうかがい、田んぼの中に駆け込んだ。

そしてそのまま山王社脇を駆け抜け、隅田川に向かった。

「待てっ、美濃吉っ！」

翔次郎が追おうとしたが、美濃吉は老人とは思えぬ敏捷な動きで闇に消えた。

「金ちゃん、山王社の中を調べてくれ」

「翔ちゃん、何がどうなってんだ」

美濃吉の追跡を諦めた翔次郎は、呻きながら地面にうずくまるおたねに駆け寄った。

そのとき、遠くで何者かが川に飛び込む音が聞こえた。

おたねの上体を抱きおこした翔次郎の右手が、べっとりと鮮血に濡れた。

「おたねっ！」

翔次郎が肩を揺すると、口から血の泡をゴボゴボと噴き出したおたねは、がくりと項垂れて事切れた。

「翔ちゃん、大変だっ！」

山王社の鳥居の奥から、金八の叫び声が聞こえた。

翔次郎はその場におたねの骸を横たえると、すぐさま鳥居へと走った。

「どうした金ちゃん」

「あ、あれ……」

金八が指さしたふた抱えもありそうな杉の根元に、男が両脚を投げ出して寄りかかっている。

「なんだ、ありゃあ」

杉の巨木に寄りかかった男の首は水平に折れ曲がり、口からおびただしい血を流している。

「腰に毛皮を巻いているところをみると、こいつが九助なんじゃねえか」

「それじゃあ、おたねを刺して逃げたのが甚八か……」

翔次郎の声が聞こえないのか、金八は九助の骸に近寄ると、息絶えた九助の腹に何度も爪先を蹴り入れた。

「金ちゃん……」

九助の骸を蹴りつづける金八は、顔面蒼白で表情を失っている。

十発、二十発、俯くように首の折れた九助の頭は、蹴りを入れられるたびに、まるで詫びてでもいるかのように何度も揺れていた。

翔次郎は気がふれたとも思える金八の行為を止めることもできず、ただみているしかなかった。


ほどなくして落ち着きを取り戻した、金八と翔次郎、寅蔵の三人が屋形船に戻ると、泣きじゃくるお絹の肩を抱く早雲を熊五郎が呆然とみていた。

「熊、どうしたんだ」

「親分、俺たちが船を下りたとき、長屋の横町から血まみれの匕首を持った脚の早い野郎が、飛び出てきやがったんです。そいつが俺たちに気づいて立ち止まったかと思うと、『お絹、こんなところで何してやがるっ！』って叫びやがって、それですぐに和尚様が進み出て杖を構えると、男は『手めえの顔、覚えたぞ』って捨て台詞を吐いて、千住大橋を走り抜けていっちまったんです」

「和尚、お絹さんに怪我は……」

「翔ちゃん、大丈夫。なんともねえよ」

「和尚は甚八のツラをみたのか」

「ああ、みたよ。美濃吉はどうした」

「逃げられちまった」

「九助とかいう野郎は」

「そこの山王社の森で死んでるよ」

「そうか……よし、俺たちはいつまでもここにいたってしょうがねえ。金ちゃん、ここは岡っ引きのお前さんに任せるが、それでいいかい」

早雲が金八に聞いた。

「ああ、番屋へは俺が知らせに行く。熊と寅は一緒に乗せてもらって、先に帰ってくれ」

顔に血の気の戻らぬ金八がそういって船を飛び降りると、いつの間にかたれ込めていた雨雲から、ぽつぽつと雨が降り始めていた。

金八が翔次郎たちの待つ永徳寺に戻ったのは、明け方近かった。

本堂の階段に腰掛ける翔次郎と志乃吉、熊五郎、寅蔵の姿を目にした金八は軽く手を振った。

しかし、沈鬱な表情で沈みこむ四人は返事もしない。

下っ引きの熊五郎は金八の手下になって三年目だが、ひとりの女が刺し殺される現場に居合わせたのは初めてのことだった。

翔次郎にしても捕り物ごっこをしているつもりなど毛頭ないが、おたねの死と九助の骸を目の当たりにしたことで、抜き差しならぬ泥沼に踏み込んでしまった現実を思い知らされていた。

「あれ、早ちゃんは」

「中でお絹さんについてるよ」

翔次郎はぶっきらぼうにいった。

「お絹さん、甚八と直接顔を合わせちまったっていってたけど、大丈夫かな」

金八は心配そうに、木戸の隙間から本堂をうかがった。

「大丈夫じゃねえよ」

翔次郎は本堂の入口を振り返った。

「大丈夫じゃねえって、お絹さん、怪我でもしたのかい」

「体はぴんぴんしているよ。ただ、甚八がよっぽど怖かったんだろうな。あれからずっと泣きっぱなしでな、ようやく寝ついたのが四半刻（三十分）ほど前だ」

「俺たちには『十日に一回来て、あたしを抱いていった』なんて軽くいってたけど、やっぱりあれは強がりだったのかな……」

「そんなこといいじゃねえか。それより町方の方はどうした」

「いや、やっぱり番屋へはいかなかった」

金八はそういうと、翔次郎の前に座った。

「そんなことだろうと思ったぜ」

「翔ちゃん、理由は聞かないのかい」

「なんかおもしろえ理由でもあるのかい」

「別に」

「それならそれでいいじゃねえか。さあて夜も明けたことだし、今日はこれでお開きということにしようや。ひと寝入りしてから暮れ六つに、全員もう一度ここに集合ということでどうだい」

「へい、暮れ六つですね」

熊五郎の返事に、一同が頷いた。

「それじゃあ熊さんよ、悪いが来るときに酒と食い物を買ってきてくれ。そうだ、いなり寿司は絶対に忘れねえでくれよ」

そういって立ち上がった翔次郎は、熊五郎に小判を一枚投げた。

「いくぜ」

翔次郎は黙って俯いていた志乃吉の手を取ると、ゆっくりと山門へと向かった。

山門を出たところで志乃吉が口を開いた。

「旦那、何か金八親分に対して、気に入らないことでもあるんですか」

「なんだ、突然……」

「だって、親分だってやっとこさ帰ってきたってのに、やけにつっけんどんな物いいだったじゃないですか」

志乃吉は眉を八の字にして、心配そうに訊ねた。

「ここだけの話だが、金八の野郎が少しばかりわからなくなったんだ」

「わからないって、なにがですか……」

「あの野郎、死んでいる九助の股ぐらを鬼のような形相で、何度も踏みつけたかと思ったら、腹や胸に二十発も蹴りを入れやがったんだ」

翔次郎は吐き捨てるようにいった。

「旦那こそ、突然、何をいい出すんですか。だって、その人がお菊ちゃんを手込めにして、殺した下手人なんでしょ」

「それはそうだが……九助の肋骨は粉々になり、胸が小さく縮こまっちまったのに、奴は蹴りを止めなかった。金八の気がふれちまったのではないかと、気が気じゃなかったぜ」

「そうですかねえ。惚れた女を殺した相手なんですから、当たり前じゃないですか。それだけ惚れられりゃあ、女冥利に尽きるというものですよ」

「そんなもんかな」

「旦那こそなんですか。そんな親分の悲しみを察したからこそ、お菊ちゃんの仇を討つためにひと肌脱いだんじゃないんですか？　それを今さら『金八の野郎が少しばかりわからなくなった』って、なに格好つけているんですか」

「そんなことはわかってるよ」

「いいえ、旦那はわかっていませんよ。これまでに殺された銀治郎、米蔵、九助は、人を人とも思わずに殺しまくってきた外道なんですよ。犠牲になった人たちの家族にしてみれば、八つ裂きにしたって足りないはずですよ。あの弱虫の金八親分が、その外道の骸になにしたからって、あたしは責める気になりませんね」

「志乃吉は強えなあ」

鋭く図星を突いてくる志乃吉に、翔次郎はそれ以上言葉がなかった。

「旦那、しっかりしてくださいよ。奴らは外道の分だけ修羅場を踏んできているんですよ。旦那の心がそんなにヤワじゃ、下手をしたら、北辰一刀流大目録皆伝の腕だって、外道の喧嘩殺法に殺られちまうかも知れませんよ。あたしはそっちの方が心配ですよ」

　志乃吉の女の勘は、人を斬ったことのない翔次郎が抱いている迷いと不安を見事に見抜いていた。

「金八に悪いことしちまったな」

「そうですよ。旦那と金八親分は、ちんちんに毛が生える前からの幼なじみなんでしょ。情けないこといわないでおくんなさいね」

「明日、謝っとくよ」

　翔次郎は素直に非を認めた。

「ところで旦那、銀治郎の母親と九助が死んだってのに、金八親分は、なんで番屋に届けなかったんですか」

「町奉行所は、おたねと九助の関係は明らかにできねえし、する気もねえと思ったんだろ」

「なぜですか、金八親分は十手を預かる身じゃないんですか」

「それじゃあ聞くが、町奉行所はお菊殺しの偽の下手人を仕立て上げ、もう獄門にしちまったんだぜ。それなのに本当の下手人を捕縛すれば、自分たちの間違いを認めなければならなくなる。本当の下手人は甚八と九助で、物乞いを処罰したのは間違いでしたなんて、認められるはずがねえだろう」

「嘘の上塗りということですか」

「ま、そういうことだ」

「だったらますます旦那が、甚八とかいう外道を八つ裂きにしなきゃならないじゃないですか。しっかりしてくださいよ」

志乃吉は渾身の力をこめ、翔次郎の背中を叩いた。

翔次郎がくわえていた煙管が、くるくると回転しながら地面に落ちた。

四

その日の暮れ六つ、翔次郎は今朝方決めた時刻ぴったりに、アブラゼミがうるさく鳴く永徳寺の境内に現れた。

すでに本堂入口の階段には金八と早雲が並んで座り、背後の本堂では寅蔵が料理を並べている。

「金ちゃん、今朝は悪かった」

翔次郎は朝方の詫びをするために、金八の前で最敬礼した。

「うん？　なんのこと」

「いや、それならいいんだ」

姿勢を戻した翔次郎は、ふたりに並んで腰掛けた。

「よかねえでしょう。俺が翔ちゃんから詫びを入れられるなんてことは、十年に一度もねえんだから。なによ、なにが悪かったのよ」

「金ちゃん、くどいぜ。これでも食ってろ」

早雲は身をのけぞらせて本堂入口に置かれたいなり寿司をつまみ、翔次郎の顔をのぞきこむ金八の口に放り込んだ。

「美味い。やっぱりいなり寿司は嶋田屋に限るぜ。わかった、翔ちゃん。許す、奢りのいなり寿司に免じ、許して進ぜよう」

わけがわからない金八は、口をもぐもぐさせながらいった。

「和尚、お絹さんの具合はどうだい」

翔次郎は煙管をくわえると、本堂で料理を並べていた寅蔵がすぐさま火種の入った煙草盆を持ってきた。

「女はわからねえなあ。一刻ほど前までめそめそしてたかと思ったらさ、ケロッとして買い物に出かけちゃったよ」

「泣くだけ泣いて、気が済んだんじゃねえのかな」

「まあ、そんなところだろうな。そろそろ戻ってくるから、本人の顔をみて判断してくれや」

「そうか、それならいいんだ」

翔次郎は煙管の雁首を火種に寄せた。

「しかし翔ちゃん、昨夜、何がどうなったんだよ。俺たちは現場にいかなかったんだから、様子を教えてくれよ」

「なんだ金ちゃん、和尚に話してなかったのか」

「う、うん。話そうにも俺は、銀治郎のお袋が刺されたあたりで、頭に血が上っちまったからさあ、あんまり覚えてねえんだよ」

「そういうことか、それじゃあ説明するが――」

翔次郎は寅蔵が小塚原の仕置場で、美濃吉を発見したことに始まる昨夜の一部始終を早雲に伝えた。

「へえ、そういうことなんだ。ようするに甚八が『手めえ、裏切りやがったなっ』といって、おたねを刺し殺したということは、おたねが美濃吉を甚八と九助の隠れ家に案内したってことだよな。だけど美濃吉がくる前に、九助が例によって首を折られて殺されたって、金ちゃん、なんか変じゃねえ？」

「何が。別に翔ちゃんは嘘をいっちゃいねえよ。話したとおりだぜ」

「そうじゃねえよ。美濃吉はおたねに連れられて、金ちゃんと翔ちゃんはその後を追ってたんだろ」

「そうだよ」

「じゃあ、美濃吉は九助を殺せねえでしょ」

「美濃吉の仲間が殺ったんじゃねえの」

「それも変でしょ。だって美濃吉自身がおたねに案内されてたんだから、仲間が先回りできるわけねえでしょ。それに前から気になっていたんだけど、美濃吉って名は、茂平が府中宿にいたときの偽名だろ。それが闇烏にばれたのに、なんで美濃吉は江戸で名前を変えなかったのかね」

「なるほどなあ。和尚はやっぱり馬鹿じゃねえんだな」

翔次郎は奇麗に剃り上げた早雲の坊主頭をヒタヒタと叩いた。

「ははは。翔ちゃん、そんなに褒めるなよ。ナンマンダブ、ナンマンダブ……」

「翔ちゃん、馬鹿をからかってねえで、真剣に考えてくれよ」

金八は翔次郎の袂を引っ張った。

「美濃吉が名前を変えなかったのは奴らを江戸におびき出し、返り討ちにするつもりだったんじゃねえかな」

「そんな馬鹿な。闇烏を始末するなら、府中宿でもできるじゃねえか」

「そうかな。府中宿にしたって、闇烏の手下の駕籠舁がいたんだぜ。あのあたりはすべて敵の縄張りである以上、そう簡単に闇烏の始末はできねえと思うぜ。女房と娘を殺された茂平は闇烏との因縁に決着をつけるために、江戸にきた美濃吉はあえて同じ名で鰻屋を始めた。傘徳の仁右衛門にまで、自分が府中宿にいたことや火事のことを話したのも、いずれそれが闇烏の耳に入ることを想定していたんだ」

「そうかなあ、俺だったら上方に行ってでも、徹底的に逃げるけどな」

早雲は首を傾げた。

「いや、俺はわかる。茂平はどうしても、女房と娘の仇を討ちたかったんだ」

金八は大きくうなずいた。

「それに問題は闇烏の狙いだ。単に親の恨みを晴らすなら、茂平に有無をいわさず殺せばいい。だがそうしなかったということは、奴らの本当の目的は、茂平が独り占めした二千両だったんじゃなかったのかな」

「茂平を始末するのは、あくまで二千両を取り戻した後ということか」

「そういうことだ。茂平は闇烏の連中が、いきなり襲ってこなかったことから奴らの狙いを察し、未だに二千両がある振りをした。おそらく交渉の窓口は江戸に住む銀治郎で、奴から二千両があると報告を受けた甚八たちは、江戸にきたということだろう」

「じゃあ、あの錠前と鍵はどういうことなんだ」

「甚八の指示を受けた銀治郎が、自分たちが『つむじ風』の倅である証拠として、美濃吉に渡したのだろう。美濃吉もあの錠前と鍵を見て、闇烏の連中が『つむじ風』の一味の倅と確信し、銀治郎と米蔵を殺したんだ」

　理路整然と語る翔次郎の話に、金八と早雲は大きくうなずいた。

「だけど翔ちゃん、それじゃ九助殺しは、誰が殺ったってえの」

　金八は立ち上がって本堂に入ると、一升徳利と茶碗を持ってきた。

「おたねと甚八たちは、美濃吉を殺すためにつるんでいたはずだ」

「そりゃ、そうでしょう。おたねは銀治郎の母親なんだから」

「だがあのとき、甚八はおたねに対して、『手めえ、裏切りやがったなっ』といい、山王社の森ではすでに九助は殺されていた。つまり、甚八はおたねが連れてくる美濃吉を待ち伏せしていたのに、何者かが先に甚八と九助を襲ったんだ」

　翔次郎はふたりに茶碗を渡し、酒をついだ。

「でも、おたねにとって美濃吉は、亭主と倅を殺した仇だぜ」

　金八が答えると、

「そうだよ。おたねにとって美濃吉は仇だぜ。それなのに甚八と九助を裏切って、美濃吉を隠れ家に案内するってのは、どうしても解せねえよ」

　早雲が納得がいかない様子でいった。

「あの強欲婆なら、金のために甚八と九助を売っても不思議じゃないと思うぜ」

　翔次郎はスパスパと煙草を吸い、大きな煙の輪を吐いた。

「そうか、おたねに『美濃吉を連れていくから、殺っちまえ』とでもいわれ、甚八と九助は山王社で待ち伏せしていた。ところが何者かに襲われ、甚八はおたねが裏切ったと思い、おたねを刺し殺したということか」

「九助を殺った下手人が誰かは、わからねえがな……」

それ以上のことは、現時点でいくら翔次郎が考えたところで答えはでない。

「翔ちゃん、金ちゃん。そんなにややこしく考えることねえんじゃねえの」

早雲が、手酌で酒をつぎながらいった。

「和尚、どういう意味だ」

「おたね婆が裏切ったとしたら、甚八たちを殺るのは簡単なことでしょ。俺たちは美濃吉がひとりと思っているけど、奴は元々悪党なんだぜ。闇烏を始末するために、金で仲間を雇っていたとしても不思議はねえんじゃねえの」

「そういうことか」

翔次郎は納得した。

「そうかなあ……」

金八は首をひねった
「和尚、お前さんやっぱり馬鹿じゃねえな。いやいや、さすがに和尚だ。そうだ、おたねが裏切って、美濃吉に仲間がいれば、すべては簡単なことだ」

翔次郎は思わず項垂れるほど混乱した頭の中が、早雲の解説で一気に晴れた気がし、すぐさま茶碗の酒を飲み干した。


この夜の宴は異常な盛り上がりをみせた。

志乃吉の舞に三味線、絶妙の間合いで酌をして回るお絹と、美形のふたりが宴に花を添えていたこともあるが、ことある事に大袈裟に盛り上がるのは、参加している者それぞれが抱えている不安を悟られまいとする結果だった。

「金ちゃん、ところで熊五郎はどうしたんだ」

「翔次郎の旦那、熊五郎の兄貴は野暮用で遅れるって……そろそろくるころだと思うんですが」

寅蔵が困ったように頭を掻いた。

「翔ちゃん、熊なんざほっとけよ。それより今度、俺にも蛇の目をこしらえてくれねえか。なにせこの頭だとさ、雨降りがすぐにわかるのよ。まあ、金ちゃんみてえな江戸っ子は、傘を差さねえのが粋なんだろうけどよ」

早雲は熊五郎のことなど、興味がないとばかりに話題を変えた。

「和尚、お前さんが蛇の目を差したら坊主に蛇、それじゃ『安珍清姫』になっちまうってえの。がははは」

馬鹿笑いした金八が寅蔵にしなだれかかったとき、本堂入口の引き戸の外で押し殺した声がした。

「親分……大変ですっ！」

わずかにきしみを上げながら引き戸が開き、紺の手ぬぐいをほっかむりした男が姿をみせた。

「曲者めっ！」

酔いがまわり、熊五郎の声に気づかなかった金八が懐からピストルを抜き、それを見た一同が一斉に身を伏せた。

「ヒエー、親分、あっしです。勘弁しておくんなさいよ」

熊五郎は慌ててほっかむりを解いた。

「なんだ、熊じゃねえかっ！　ずいぶん遅かったな」

ピストルを納めた金八が、足下をふらつかせながら熊五郎に近寄った。

「へえ、ちょいと気になることがありやして、押上村にいってやしたんです」

「押上村？　そうか。まあいいから、とりあえずここに座れ。かけつけ三杯だ」

金八が茶碗と徳利を差し出したが、熊五郎は左手を立てて断った。

「親分、酒なんて飲んでる場合じゃねえんですよ」

熊五郎は茶碗と徳利を押し戻し、金八の傍らで立て膝をついた。

「ったく、なんだ。俺の酒を断りやがって。さっさと話しやがれ」

「へい、美濃吉の隠れ家がわかったんですよ」

熊五郎が神妙な顔つきで話すと、金八の大きな目がぎらりと光り、茶碗を口に運ぶ翔次郎と早雲の手も止まった。

五

いつの間にか一同が熊五郎を囲むように車座となった。

酒が注がれた茶碗を手にしている者はひとりもいない。

「熊、説明してくれ」

酔いが一気に醒めた金八が、神妙な顔でいった。

「じつは昨日、長屋に戻ったとき、つまらねえことを思い出しちまったんです」

「つまらねえこと？」

「へい。亡くなられた鰻鉄の女将さんのお弔いのことですよ」

「お菊のおっ母さんの弔いって、あれは親族だけの密葬だったろ」

「そうですよ。女将さんの父親の坊さんが経をあげ、親族ったって美濃吉とお菊ちゃんと親分の三人だけって、いってたじゃねえですか」

「そうだ、おっ母さんは押上にある栄仙寺の住職の娘とかで、埋葬も栄仙寺の墓地にしたんだ」

金八が呟くようにいった。

「金ちゃん、それならお菊ちゃんも、俺んとこの墓地じゃなくて栄仙寺に移してやった方がいいんじゃねえのか」

早雲は口をへの字にしていった。

「熊、それで栄仙寺がどうしたんだ」

「それで今朝、あっしは栄仙寺に向かったんですが、途中、桜餅で有名な向島の長命寺の近くで、客待ちをしている駕籠舁にでくわしたんです。それでちょいと『番太』の親父の真似をしましてね、昨日の晩、ずぶ濡れになった客を乗せた駕籠がなかったか聞いてみたんですよ」

「ほう、それでどうした」

「そうしたら親分、そいつらが昨夜、浅草今戸の銭座裏でずぶ濡れの客を乗せ、心づけを二両ももらったっていうんです」

「二両もか……」

金八は腕組みをした。

「その客がいうには、酔っぱらって脚を滑らせて川に落ちたんだそうですが、そいつがどこにいったと思います」

　熊五郎はそういって一口茶をすすると、目の前にあったいなり寿司を一個、口の中に放り込んだ。

「濡れ鼠とはいえ、美濃吉ほどの大泥棒が駕籠を使うとは不用意だな」

　熊五郎のもったいつけたいい回しに、翔次郎がいった。

「翔次郎の旦那、それがそうでもねえんですよ。夜中にずぶ濡れで歩いていれば、そのほうが夜回りの連中から怪しまれますからね」

「熊、もったいつけねえで、美濃吉の野郎がどこにいったのか教えろ」

「へへへ、そうでした。押上村の栄仙寺ですよ」

「美濃吉は、今もその寺に隠れているのか」

「親分、昼間、寺男に聞いた話じゃあ、野郎はここ何日も、寺の離れに居ついているそうです」

「熊、でかしたな」

　金八の褒め言葉に、熊五郎は照れくさそうに頭を掻き、いなり寿司をもうひとつ摘んだ。

「金八親分、あっしが見張りにいってめえりやす」

　寅蔵が立ち上がると、熊五郎がそれを制した。

「寅、慌てることはねえよ。一応現場には若衆を残してあるから。それより親分、このいなり寿司、奴らに持っていってやってもよろしいでしょうか。昼から何も食わしてねえもんですから」

「おう、全部持ってってやってくれ」

話を聞いていたお絹はすぐさま庫裏に走り、持ってきた竹の皮に手早く三十個ほどのいなり寿司を包んだ。

「熊、寅、そういうことだ。ぬかるなよ」

熊五郎と寅蔵は、お絹からいなり寿司の包みを受け取ると、

「へい、任せてくだせえ」

と声を揃えて本堂を出た。

「金ちゃん、あとは甚八だな」

「そういうことだ」

金八は懐のピストルを確かめるように、右手で撫でた。

「最後に残った仲間の九助まで殺されたとあっては、もう武州に逃げ帰っちまったかも知れねえな」

翔次郎は熊五郎と寅蔵の背を見送りながらいった。

「翔ちゃん、そんなことはあり得ねえよ」

「なぜだね」

「いいかい、野郎は仲間三人を殺されちまい、闇烏はもはや壊滅同然だ。そんな野郎がおめおめと武州に帰れるわきゃねえよ」

金八はしたり顔で答えた。

「そんなもんかね」

「盗人なんてえのはよ、ちょっと隙をみせれば、仲間にだって寝首をかかれるんだ。殺るか殺られるか、甚八たちだってそうやって生きてきたんだ。それに美濃吉からここまで虚仮《こけ》にされて黙っていれば、甚八は二度と盗人の世界に戻れねえ。奴らもヤクザと同じで、舐められたら終いなんだ」

「金ちゃんは、甚八はあくまで美濃吉を狙ってくると思うのか」

「そういうこと。美濃吉にしたって、九助は殺したが甚八は殺り損ねた以上、あらゆる手を使って甚八を捜し出すはずだ」

「だがおたねを殺されちまったんだぜ。美濃吉が甚八の居所を捜そうにも、そう簡単なことじゃねえだろう」

「翔ちゃんだったらどうする」

「どうするといわれてもだな……」

「狙われるより、狙う方が強いに決まってるぜ」

「そんなことわかってはいるが、だからといってこの広い江戸で、どうやって甚八をみつけ出すってんだよ」

翔次郎は腕組みをすると、深いため息をついた。

「翔ちゃん、さっき熊五郎は、美濃吉が二両もの心づけを駕籠屋に渡したっていってたろ」

「ああ」

「おそらく今日、江戸の駕籠屋の間では、その話でもちきりだったはずだぜ」

金八はしたり顔でいった。

「なるほど、熊五郎や『番太』の親父が、駕籠舁から情報を得るように、甚八も同じ手を使っていたとしても不思議はねえな」

「翔ちゃん、こういうときは、黙って待ってりゃいいんだ。甚八が栄仙寺のことを知れば、黙ってたって奴はくる。美濃吉が先に甚八の居所を知れば奴が動く。熊たちが美濃吉を見張っている以上、俺たちは待ってりゃいいんだ」

茶碗の酒を飲み干した金八は、手の甲で口を拭った。

翌朝、翔次郎、早雲、金八の三人は、お絹が握った大量の握り飯と漬け物、水、酒を猪牙舟に積み込み、熊五郎たちが見張っている栄仙寺へと向かった。

長命寺の向かいにある弘福寺近くで金八が舟を降りると、翔次郎と早雲は舟を桟橋につなぎ、隅田川に釣り糸をたらした。

四半刻もすると、熊五郎が姿を現した。

「おう、ご苦労だった。何か変わったことはなかったか」

翔次郎の問いに、熊五郎は首を左右に振った。

「金ちゃんはどうした」

「翔次郎の旦那、栄仙寺の山門の向かいに、見張りにちょうどいい空き家がありましてね、親分もそこで見張っています」

「そうか」

翔次郎は熊五郎に、握り飯の包みを差し出した。

「ありがとうございます。ひとつお願いがあるんですが、すぐに応援の下っ引きを送り込みてえんで、至急、神田に戻っちゃいただけませんでしょうか」

一睡もしていないのか、熊五郎は落ちくぼんだ目でいった。

「わかった。和尚、すぐに舟を出せ。ところで熊さんは、美濃吉の姿をみたのかね」

翔次郎は、握り飯の包みを開けた熊五郎に聞いた。

「ええ、朝っぱらから境内を掃き掃除している作務衣姿の寺男がいましてね、こいつが間違いなく鰻鉄の親父でした」

「何か変わった様子はなかったのかい」

「へえ、特段変わったということは……」

「そうか。まあ、ご苦労なこったが、よろしく頼むぜ」

翔次郎は茶碗に徳利の水をいれ、熊五郎に渡した。

それから四半刻後、熊五郎を降ろして長屋に戻った翔次郎が腰高障子を開くと、その音に反応したように、室内で干してある蛇の目傘が妙な動きをみせた。

「何者だっ！」

翔次郎は腰の大刀の鯉口を切った。

すると奥の傘の陰からのっそりと志乃吉が起き上がり、眠そうに両拳で目をこすった。

「おかえりなさい」

「なんだ、床柱姐さんか。お前さん、鏡で自分の面をみたのかい。百年の恋もさめちまうとは、そういう顔をいうんだぜ」

翔次郎は腰の大小を鞘ごと抜くと、水瓶に柄杓を突っ込んだ。

「どうした、今日は何の用だ」

「何の用って、用がなけりゃ、うかがっちゃ悪いんですか」

「そう、大きな声をだすな」

「大声は生まれつき、悪うござんしたね」

「わかった、謝る。このとおりだから、少し落ち着いてくれ。で、用向きは」

「旦那、聞きました？」

「なんのことだ」

「小塚原の件ですよ」

「いや、なにも……」

翔次郎は志乃吉に背を向けたまま、喉を鳴らして柄杓の水を飲んだ。

「南町奉行所同心の百瀬様にうかがったんですけど、旅籠の女将が追いはぎの無宿人に襲われ、もみ合ううちに転んだ拍子で無宿人は首の骨を折り、刺された女将は逃げる途中で倒れたって……」

「それで一件落着というわけか」

「はい。笑っちゃいましたけど、なんだか嫌なご時世になっちまいましたね」

志乃吉は指先を舐め、鬢のほつれ毛をなでつけた。

「今さらなにをいってやがる。侍の正義と町民の正義の違いが、わからねえ姐さんじゃあるまいし」

「だって、町奉行所がここまであからさまに、臭いものに蓋をするなんて思っちゃいなかったんだから、仕方がないじゃありませんか。それで美濃吉は？」

「栄仙寺にいた。今、金八が見張っているよ」

「そうですか……」

「姐さん、こういうときは、黙って待ってりゃいいんです」

翔次郎は小さく笑いながら、金八にいわれた言葉をそのまま志乃吉に返した。

六

一方、甚八は内藤新宿に舞い戻っていた。

かつての盗人仲間が青梅街道沿いでやっている、「玉屋」という料理茶屋の二階に身を潜めていた。

美濃吉を殺るためには仲間が必要だが、千住では人手を集めようがない。とりあえずは内藤新宿に居場所を移し、仲間を集める必要があったのだ。

「甚八、それにしたって、おたねさんを殺っちまったのはまずかねえか。甲州街道筋の盗人たちは、何かとあの人を頼りにしてたからな」

茶の用意をした「玉屋」の主人五平が、おもむろに口を開いた。

「冗談じゃねえぜ。『つむじ風』の茂平の娘を殺したあと、俺と九助は小塚原近くの荒れ寺に身を隠していたんだ。それで手持ちも寂しくなったから、銀治郎に貸していた五十両を返してもらうために、俺はおたね婆に会ったんだ」

「その話はおたねさんから聞いたよ。それで木余り寺にいったんだろ」

「そうよ。それでそのとき、茂平が俺たちを捜しにきたとかいいやがったんだ」

「嘘じゃねえぜ。美濃吉とかいう名前の男が、うちにもきたからな。あいつが茂平なんだろ」

「おう。それで婆が茂平を俺たちのところに案内するから、待ち伏せして殺っちまおうということになったんだ」

「おたねさんだって、裏切りで亭主を殺され、倅の銀治郎まで殺されているんだから当然だろう」

「だから俺たちは、おたね婆を信用し、隠れ家の向かいにある山王社の境内に身を潜めて待っていたんだ。そうしたら、突然、黒装束の三人組が現れて九助を襲い、奴はあっという間に殺されちまった。俺は慌てて境内を飛び出したんだが、そこで茂平と連れだったおたね婆にでっくわしたんだ」

甚八は苛立たしげに親指の爪を噛んだ。

「それで刺した……ということか」

「俺たちの居所を知っているのはおたね婆だけだ。それなのに俺たちが襲われたってことは、あの婆が裏切ったということだ。あの婆は殺されて当然なんだ」

甚八は嚙みちぎった爪を勢いよくはき出した。

「おたねさんが殺された事情はわかったが、お前さんたちはなんだって茂平を捜していたんだ」

「そ、それは……」

「なんだ、いえねえのか。それじゃあ、俺はここで……」

「五平、足に怪我をしたお前さんを闇烏から足を洗わせ、金を出して窩主買《けいずかい》を始めさせたのは俺だぜ。手めえ、さっきから随分な口のきき方だが、いつから俺より偉くなったんだ」

甚八は懐から匕首を抜き、立ち上がろうとする五平の袂を摑んだ。

「あ、兄貴、じょ、冗談に決まってるだろ」

鬼の形相で話す甚八の迫力に、五平はすぐさまかしこまった。

「ここまで商売を手広くしたのは、お前さんの才覚だがよ、あんまりとぼけた態度でいると、俺も怒るぜ」

「へえ、すんませんでした」

「お前さん、八王子界隈を荒らし回っていた『つむじ風』という盗賊一味を知ってるか」

「ええ、噂くらいは」

「じつは俺たち闇烏は『つむじ風』一味の倅四人が集まって作った盗賊で、蛙の子は蛙ってわけだ」

「茂平というのは……」

「茂平も『つむじ風』の一味だったが、奴の裏切りによって親父たちは、八州廻りに殺されたんだ」

「茂平の裏切り？」

「ああ、ほかの仲間を代官所に売り、八王子の両替商を襲って奪った二千両を茂平が独り占めしやがったんだ。それで俺たちは茂平に復讐するのと、二千両を取り返すために盗人稼業に入ったというわけだ」

「それが闇烏だったんですか」

「お前さんは怪我をしちまい、半年で足を洗っちまったから、このことについて話さなかっただけだ」

「二千両ねえ……。事と次第によっちゃあ、あっしも手を貸してやすぜ」

五平は意味ありげに右の口角を上げた。

「ほ、本当か……」

甚八は五平の前ににじり寄ると、これまでの経緯を細大漏らさず話した。

夕刻、永徳寺本堂には、車座になって座る翔次郎と早雲、金八の三人がいた。

「翔ちゃん、和尚、美濃吉は熊五郎のいうとおり、境内の掃き掃除をしていたかと思うと、鐘楼に登って鐘を拭いたり、境内の植木の剪定をしたり、のんびりしたもんだぜ」

「奴も、甚八を待っているってことだな」

「そういうことだな」

金八が腕組みして小さく頷くと、早雲が口を開いた。

「だけどさ、美濃吉がひとりで甚八を待つのは、ちょっと危険すぎでしょ。甚八がひとりでノコノコと姿を現すわけねえんだしさ。翔ちゃんはどう思うよ」

「和尚の意見も一理あるな。俺が甚八ならいきなり美濃吉を襲うより、野郎を確実に殺れる場所に呼び出して待ち伏せするな」

「二千両の件もあるんだから、そう簡単には殺さねえはずだろ？」

「美濃吉もそう考えてるから、ジタバタしねえで覚悟を決め、甚八からの連絡を待っているってことだろう」

「だけど翔ちゃん、甚八は美濃吉をどうやって呼び出すのさ。人質にできそうな、お菊ちゃんはすでに殺されちまってるんだぜ」

「和尚、美濃吉にしてみれば、甚八は奴の正体を知っている最後のひとりだ。絶対に生かしちゃおけねえ野郎なんだから、甚八に呼ばれれば一も二もなく殺しに出かけるだろう」

翔次郎は、そんなこともわからないのかという顔で早雲をみた。

「栄仙寺は向島の寺嶋村だ。なにかことが起きたとき、熊や寅が連絡をよこそうにも、あそこからじゃ、どう急いだってここまで半刻近くかかっちまう」

金八が思い出したようにいった。

「そうだな。俺が艪を握っても、四半刻以上かかったからな」

「それで相談なんだが、翔ちゃん、早ちゃん、栄仙寺近くに『舟徳』って船宿があるんだが、俺たちも、そこに拠点を移すってわけにはいかねえだろうか」

眉を八の字に下げた金八が、すまなそうにいった。

人は鳥のように空を飛べるわけではない。

捕り方が容疑者を見張っているにもかかわらず、みすみす取り逃がすことが多いのは、命令がなければ動けない町奉行所の組織にもあるが、瞬時には連絡がとれないという現実もあった。

熊や寅が見張っていても、突然、美濃吉が動き出し、どこかに用意した舟にでも乗られたら、もはや手も足も出ないのだ。

金八の心配は当然だった。

「金ちゃん、そういうことなら、さっさと動こうぜ」

早雲が立ち上がりかけたとき、本堂の入口にお絹が姿を現した。

「和尚様、夕餉《ゆうげ》の支度ができましたが、こちらに運びますか」

早雲が翔次郎と金八の顔を見回すと、ふたりは大きく頷いた。

「お絹さん、俺たちが庫裏にいくよ。ところで今日の飯はなんだい」

「今朝方、お魚屋さんが立派な鯖を持ってきてくれたんですよ。それを塩焼きにしたものと、味噌仕立てで煮たものを用意しました」

「おお、鯖味噌もあるのか。よし、翔ちゃん、金ちゃん、早く庫裏に行こうぜ」

早雲はいうなり本堂を飛び出した。


その頃、美濃吉を見張っていた熊五郎と寅蔵は、栄仙寺のまわりをうろつきながら、中の様子を窺っている夜鷹が気になっていた。

手ぬぐいを被り、筵《むしろ》を背負っているのだから、夜鷹に間違いはないはずだが、時はまだ暮れ六つで、夜鷹が仕事に出るには早すぎるのだ。

しかも本当なら、仕事場まで同伴してくるはずの牛《ぎゅう》がいない。

牛は夜鷹の男であり、夜鷹が客から危険な目にあわないように、見張っている警護役でもある。

その牛がいなくて、夜鷹ひとりというのは、何とも不自然だった。

「寅、あの夜鷹、怪しくねえか」

熊五郎は帯に差した自前の十手を抜いた。

「そうですね。夜鷹にしちゃ、湧いて出るのが早すぎますね。あ、兄貴、いま美濃吉が提灯を片手に出てきましたよ。境内の見回りをしているみたいです」

「てえことは……」

熊五郎が立ち上がりかけたとき、夜鷹は道ばたに落ちていた拳ほどの石ころを拾い上げた。

そして懐から取り出した紙で石ころをくるみ、境内に投げ入れた。

「な、なにしてやがるんだ」

今にも飛び出しそうな、熊五郎の帯を寅蔵がしっかりと摑んだ。

「兄貴、まずは金八親分に知らせるのが先決でしょう。ここはこいつらに任せて、兄貴は金八親分に知らせてください。あっしはあの夜鷹を追いますんで」

「そ、そうだな。わかった、お前ら後は頼んだぜ」

「へ、へい」

ふたりの手下がうなずいた。

熊五郎と寅蔵はあたりの様子をうかがいながら、見張り小屋をとびだした。

逃げるようにその場を去った夜鷹は、足早に墨田川の土手に向かった。

そして土手で待っていた牛と合流すると、川下へと歩き始めた。

「寅、夜鷹は頼んだぞ」

熊五郎は土手を走り降りると、係留してあった猪牙舟に飛び乗った。


お絹の作った夕餉を堪能した翔次郎たちが茶をすすっていると、息せき切った熊五郎が境内に転がり込んできた。

「お、親分、大変ですっ！」

「あの声は熊五郎だ」

金八がすぐさま庫裏から境内に飛び出した。

「どうした熊っ！」

「親分、栄仙寺を見張っていたら、妙な夜鷹が現れまして……」

走り続けた熊五郎は息を切らし、一息で用件をいえない。

金八は熊五郎に走りより、その背中をさすった。

「夜鷹がどうした」

「へ、へい。その夜鷹が、境内の掃き掃除をしている美濃吉に、投げ文をしやがったんです」

「熊さんよ、投げ文をしたのは、夜鷹で間違いないんだな」

金八のあとを追って、境内に飛び出した翔次郎が訊ねた。

「へい、翔次郎の旦那。夜鷹は隅田川の土手で待っていた牛と落ち合い、そのまま両国橋のほうに歩いていきました。いまは寅がふたりを尾けてます」

「俺たちも、こうしちゃいられねえようだな」

早雲は手にした杖を地面に打ちつけた。

「金ちゃん、和尚、夜鷹が投げたのが投げ文だとして、いますぐ動きがあるとは思えねえんだ。俺はちょいと……」

翔次郎はそこまでいったところで、山門を潜ってくる人の気配に振り返った。

「旦那方、慌ててどちらにおでかけですか」

黒羽織を纏《まと》った志乃吉だった。

「おう、ちょうどいいところにきた。それじゃあ金ちゃん、そっちのことは頼んだぜ。俺はこの姐さんとちょいと顔を出したいところがあるんだ。それじゃあ」

翔次郎はそういうと志乃吉の袖を摑んで山門へと向かった。

「おいおいおい、こんな時にどこかにでかけるって……」

「金ちゃん、いいじゃねえか。翔ちゃんのいうとおり、俺たちが栄仙寺にいったところで、何かが起きるとはかぎらねえ。熊さんよ、舟はいつもの河岸かい？」

「へい」

「わかった。ともかく俺たちは栄仙寺に向かおうぜ」

早雲は持っていた樫の長い杖をかつぐと、山門へと向かった。

第四章　千人同心

一

翔次郎と志乃吉に二階へいくようにうながした安佐吉は、例によって店の縄暖簾をしまい、入口の腰高障子につっかえ棒をした。

そして土瓶と茶碗を載せた盆を抱えて板場を出ると二階へと上がった。

「親父さん、俺たちが勝手にきたのだから、かまわねえでくれ」

「翔次郎様、夏場に熱い泥鰌鍋を突つこうなんて酔狂な客は、よほどの泥鰌好きか馬鹿だけです。それに、ちょうど最後の客も帰ったし、店を閉めようと思っていたところでした。気になさらねえでおくんなさい」

安佐吉はそういうと、翔次郎と志乃吉に茶を配った。

「じつは親父さんを見込んで、教えてもらいたいことがあるのだ」

「ほう、あっしなんかでよろしければなんなりと」

「親父さんの話では『つむじ風』にしろ闇烏にしろ、盗人ってえのは金だけじゃなくて、金目の物はなんでも盗むんだよな」

「へい。江戸の大店を襲うような大盗人になると、狙った店に手の者を送り込みましてね。何年もかけて土蔵の鍵のありかを探り、千両箱だけを狙ったりするようですが、ほとんどの盗人は着物だろうが鍋釜だろうが、その場で見つけた金目の物は、なんでもいただいちまうのが普通です」

安佐吉はそういうと、茶を一口すすった。

「てことは、盗んだ品をどこかで金に換える場所があるということか」

「へえ、そういう商売を窩主買《けいずかい》っていいましてね。それこそ系図から着物に屑鉄、刀に掛け軸と、盗品と知っていて買ってくれるんですよ」

「それじゃあ、闇烏の連中が使いそうな窩主買を教えてくれねえか」

翔次郎の問いに、両手で茶碗を包むように持ち、じっと俯いて話をする安佐吉の目がギラリと光った。

「かまいませんが、翔次郎様は、なんでまたそんなことを……」

「内藤新宿のおたねが、甚八に殺されたことは承知のことと思うが、甚八は美濃吉が同行しているのをみて、おたねに『裏切りやがったな』と怒鳴って匕首を突き立てたのだ。つまり甚八にとっては、唯一の頼れる相手を殺してしまったというわけだ」

「まともにみればね」

安佐吉は顔を上げたが、その顔に笑みはない。

「俺が思うに、甚八は盗んだ品を江戸の窩主買で換金していたはずだ。おたねは仲間の銀治郎の母親というだけで、仕事のつき合いがあるわけでもないだろう。だが考えようによっては、甚八にとって窩主買は仲間同然だ。江戸の事情に明るくない甚八が、最後に頼れるのは、その窩主買しかいないと思ったのだ。それに……」

「それに、いかがされました」

安佐吉は鋭い目で翔次郎の表情をうかがった。

「甚八は武州の在の田舎者。そんな甚八が千住で姿を消したが、移動しようと思ったら、駕籠を使うしかねえだろ」

「そりゃあそうですね……」

「じつは今、金八たちは手下の熊五郎が、駕籠舁から得た情報で美濃吉をみつけだし、見張っている」

「栄仙寺のことですね」

「やはり知っていたか。ならば甚八はどこにいったか教えてくれぬか。お前さんなら、それも知っているはずだろう」

翔次郎は組んでいた腕をほどき、冷めた茶を一口すすった。

「そこまでご存知なら、仕方がありませんね。あの晩、千住宿から内藤新宿に行ってくれといった、馬鹿な客がいたそうです」

「千住から内藤新宿まで三里以上、駕籠で帰るのは無理だろう」

「江戸にそんな馬鹿はいやせんからね」

「それで……」

「こういうとき、駕籠舁は仲間内で客を回すんです」

「客を回す?」

「ようするに、仲間や知り合いの駕籠が客待ちをしているところまで運び、その先は任せるってことです。甚八の場合は下谷、小石川で駕籠を乗り継いで、内藤新宿にもどったのですが、最後に着いたのが青梅街道沿いにある『玉屋』という料理茶屋です」

「青梅街道沿いの『玉屋』か。窩主買ではないのか」

「じつは『玉屋』の主人の五平という男は、甲州街道と青梅街道沿いの盗人相手の窩主買が本業なんですよ。五年ほど前に内藤新宿に現れたかと思ったら、料理屋に旅籠、古着屋、屑鉄屋、古美術屋など、十軒ほどの店を次々と開きやがったそうです。この五平は顔の右半分が火傷でただれ、右脚を引きずるとかで、女と遊びには目もくれずに銭儲け一筋の男だそうです」

安佐吉の話を聞いていた翔次郎は、腕組みして天井を仰ぐと突然唸りだした。

「いかがされました。なにか……」

「親父さん、その五平とかいう男、脚に怪我をして闇烏から足を洗ったという男ではないのか」

「さすがに旦那は鋭いですね。野郎の成功をやっかんだ奴が、いいふらしていることかもしれやせんが、確かにそんな噂がたったこともあるようです。いまじゃ忘れられちまっていますがね」

安佐吉は茶を一気に飲み干した。

「しかし、そこに甚八がそいつを訪ねたということは、やはり噂は本当……」

「旦那、間違いねえですよ。いいですか、一緒に盗みを働いた仲間の秘密を知っている盗人は、簡単に足抜けなんてできやしねえんです。だが五平が闇烏の盗んだ品々を売りさばく、窩主買になったとしたら話は別なんですよ。盗んだ茶器や書画骨董、豪勢な着物の類は、盗人が売りさばこうと思っても、早々簡単なことじゃありやせんからね」

「親父、『玉屋』が闇烏の仲間だとしたら、甚八はなぜ最初から『玉屋』を江戸での根城にしなかったんだ」

翔次郎の問いに、安佐吉は小馬鹿にしたように鼻を鳴らした。

「旦那、馬鹿なことをいっちゃあいけませんよ。仲間だからこそ、仕事の時以外は近寄らねえのが盗人の掟です。にもかかわらず、甚八が『玉屋』に逃げ込んだということは、野郎がのっぴきならねえ状況に追い込まれたってことです」

安佐吉は大きく頷いた。

今回の一件に首を突っ込むまで、ただの傘作りが上手い浪人に過ぎなかった翔次郎は、盗人の世界のことなど知るよしもない。

武州の目明し番太として半生を捧げた安佐吉の知識に、翔次郎は感服するしかなかった。

「親父さん、あんたはどうするね」

「翔次郎の旦那、あっしは目明し番太を引退した身です。もし未だに目明し番太だったなら、美濃吉と甚八のような極悪人は八州廻りの旦那に居所を教え、斬り捨て御免です。しかし十手者の金八親分はそうもいかねえでしょう。あいつらにお縄をかけて、お白州で裁きをうけさせる。それが御法《みのり》ってもんだし、捕り方の仕事ってもんですからね」

翔次郎をみつめる安佐吉が、意味深な笑みを浮かべた。

「親父さん……」

「翔次郎の旦那、目明しには目明しなりの正義も矜持もある。だがね、それだけじゃあ悪党どもは退治できねえんだ。この広え世の中にひとりくれえ、地獄の閻魔様に代わって、裁きを下そうって十手者がいたっていいじゃねえですか。あっしは、なれませんでしたけれどもね」

　安佐吉はそういって大きく頷き、懐から取り出した重そうな小袋を置いた。

「なんだ、それは」

「ちょいと知り合いに頼んで手に入れた、ピストルの弾ですよ。金八親分が見せてくれたピストルは最新式のメリケン製で、こいつを手に入れるのに苦労しましたよ。五十発ほど入ってますんで、しばらくは保つでしょう」

「わかった、ありがとよ。それじゃあ志乃吉姐さん、帰るとするか」

　翔次郎は安佐吉が差しだした小袋を懐に納め、ゆっくりと立ち上がった。


　一方その頃、金八と早雲、熊五郎の三人は栄仙寺近くの隠れ家に到着した。

　そこには夜鷹を追っていたはずの寅蔵が、額に大福のようなタンコブを作って待っていた。

「寅、どうしたい、そのおでこは」

「親分、まいりましたよ。俺が夜鷹と牛のあとを尾けていたら、奴らの仲間があっしを尾けてやがって、このザマです」

「それで、なにかわかったのか」

金八が酒で湿らせた手ぬぐいを寅蔵の額にあてた。

「親分、それが見知らぬ侍から、一両であの手紙を投げ込むように頼まれたとかで、奴らは何も知りませんでした」

「そんなことだろうと思ったぜ。文の内容についてもわかるわけねえよな」

金八はそういうと、栄仙寺の様子をうかがった。

「内容も何も、あいつら、平仮名も読めませんぜ」

額を手ぬぐいで押さえている寅蔵の腹の虫が鳴いた。

「寅。ここは俺と熊に任せて、お前らはこれで腹ごしらえでもしておけ」

金八は水の入った一升徳利と、お絹が作ってくれた握り飯と漬け物の包みを渡した。

「金八親分、栄仙寺の山門は閉じたままです」

「ああ、明かりも消えているな」

「親分、突然でなんですが『番太』の親父って、どんなお人だったんですか」

「悪党どもを追い詰めるためには手段を選ばず、蛇のような執念深さで集めた証拠は、誰もいい逃れのできねえ確かなものだったそうだ」

「それじゃあ、親父の集めた証拠は、悪党にしてみれば地獄への通行手形ってわけですね」

「そうだな。血も涙もねえ外道たちが、親父を冷血と恐れるわけだぜ……」

金八は厚い雨雲が重苦しい天空を眺め、小さなため息をついた。

翔次郎と志乃吉は「番太」を出ると、青梅街道沿いにある料理屋の「玉屋」をみつけ、その真向かいにある旅籠の二階に陣取った。

「志乃吉、こうしてみると『玉屋』のまわりにいる奴ら……」

「二八そば売りに駕籠舁、物乞いですか」

「ああ、あれがみんな、安佐吉の手の者に思えてくるぜ」

窓の障子の隙間から「玉屋」の玄関先をうかがう翔次郎がいった。

「ことによったらあの親父さんも、元は大盗人だったのかもしれませんね」

「なんで？」

「だって、蛇の道は蛇っていうでしょ。親父さんは悪党ども以上に、悪党どものの考え方や行動に精通しているじゃありませんか」

「確かにな……」

「親父さんはどこかで悪党修業したに違いありませんよ」

志乃吉はよほど「番太」で緊張していたのか、横座りになって柱に寄りかかり小さなため息をついた。

町奉行所の同心は、捕縛した悪党どもにお目こぼしをすることがある。するとと悪党の中には、改心してみずから仲間の情報を報せてくる者がでてくる。それがいつのまにか与力や同心の目となり、耳となり、鼻となり、江戸の町で起こる悪事の臭いを嗅ぎつけてくるのだ。

目明し番太だった安佐吉が、武州の在で多くの悪党どもを手なずけていたとしても不思議ではない。

人の胸の内を見透かすような鋭い眼光、一分の隙もない物腰、そして確実に相手を追い詰めていく布石の打ち方も、志乃吉がいうように安佐吉が大盗人だったとしたら、さぞかし名のある人物だったに違いないと翔次郎も思った。

「志乃吉、世の中に詐欺師はいねえという話は知ってるか」

「ええ、相手が騙されていることに気づいていないから詐欺ですからね」

「じゃあ、安佐吉が元大盗人だとして、それがバレていないとしたら、その理由はなんだと思う」

翔次郎は空の煙管を咥えて外をみた。

「そんなことわかりませんよ。旦那はどう思うんですか」

「簡単だ。闇蔵をやってる俺たちと同じだよ」

「どういうことですか、わかりやすく教えてくださいな?」

「わからねえかな。たとえば小間物屋が、ご禁制の金細工の簪《かんざし》を千本隠し持っていたとする。それを盗まれたら、小間物屋はなんといって町奉行所に届ける？」

「そんなことをしたら、自分がお縄になっちまうじゃないですか」

「そういうこと。つまり盗人に入られた被害者が、絶対に表に出せねえ物を盗んでしまえば、事件は表沙汰にならないというわけよ」

「なるほど、闇蔵にしまわれている物は、そんな物ばかりかもしれませんねえ」

「それを俺たちが中身も聞かず、厳重に預かってくれるんだから、年三両は高くねえ。仮に盗人に闇蔵を破られたとしても、借り主は奉行所に届けを出せないから事件にならない。つまりこれこそが、絶対に損することのない完璧な商売ってわけで……おお、甚八が出てきやがったっ！」

「本当ですか」

志乃吉は、四つんばいになって窓辺にいる翔次郎にすり寄った。

眼下では、小塚原でみたときとは違う黒っぽい着物に着替えた甚八は、店先を何度も行き来しながら、あたりの様子をうかがっていた。

二

いびきをかきながら居眠りする金八の腰の上に、栄仙寺の様子を見張っていた熊五郎が尻餅をついた。

「痛えな、この野郎。なにしやがるっ！」

「親分、美濃吉が姿を現しました」

熊五郎は栄仙寺の山門を指さした。

金八が目を細めると、無印の提灯をぶら提げた羽織姿の男が、隅田川の方角に歩き出したが、わずかな提灯の明かりに浮かんだ顔は、間違いなく美濃吉だった。

「いま何刻だ」

「五つ半（午後九時）です。野郎、ひとりでどこに行こうってんですかね」

「いよいよ動き出しやがったんだ、どこだってかまやしねえ。早ちゃん、熊、寅、ここは若い衆に任せ、俺たちはあとを追うぞっ！」

「へいっ！」

熊五郎と寅蔵が声を合わせた。

幸い空は雲がたれ込め、あたりは漆黒の闇だった。

「寅、美濃吉は舟を用意しているかもしれねえ。お前は先回りして猪牙の用意をしておいてくれ」

「へい」

寅蔵は金八の指示どおり、隠れ家の裏から一直線に隅田川に向かった。

「親分、翔次郎の旦那への報せはいいんですか」

「熊、手めえはあの場で何を聞いていやがった。翔ちゃんは行く先も告げず、志乃吉と消えちまったんだぜ。お前はどうやって報せるってんだ」

金八はとぼけた質問をする熊五郎の脳天に、拳骨を落とした。

翔次郎と志乃吉が旅籠の入口から飛び出たとき、甚八が乗った駕籠が淀橋に向かって走り出した。

「おいおいおい、駕籠なんか使いやがって、俺たちに飛脚の真似でもさせようってのか」

着物の裾を端折った翔次郎の背後から声がした。

「あの、もし、翔次郎の旦那ですか」

「玉屋」の店の脇で座り込んでいた物乞いだった。

「ああ、そうだが」

「駕籠の行き先は高田馬場の先、神田川にかかる姿見橋でございます」

物乞いは、口の欠けた小汚い椀を翔次郎の鼻先に突きだした。

翔次郎は二分金を一枚、茶碗の中に放り込んだ。

「姿見橋だな。ありがとよ。安佐吉によろしくな」

「ありがとうごぜえやす」

物乞いはつまみだした二分金を口の中に放り込むと、前歯のない不気味な笑みをみせ、元いた場所に戻った。

「志乃吉は、神田川にかかった姿見橋ってわかるか」

「ええ、氷川社んところにかかった橋ですよ。甚八の駕籠は成子天満宮脇の大久保道から向かったから、大久保の鉄砲場の脇を抜けて行けば先回りできますよ」

志乃吉は甚八の駕籠が向かった方向と逆を指さした。

「よし、それじゃあ俺は奴を追うから、お前さんはそこの駕籠に乗って、金ちゃんたちに報せてくれっ！」

翔次郎は志乃吉が指さした、大木戸方面に向かって脱兎の如く走り出した。

一方、美濃吉の乗る舟を追っていた金八と早雲、熊五郎は、寅蔵が艪を操る猪牙舟に乗り換えて隅田川を下っていた。

右手にある御蔵前の首尾の松が、流れるように過ぎ去った。

「あれえ、美濃吉の野郎、神田川に入りますぜ」

熊五郎が呟いた。

「そのようだな。だがこれでこの先、江戸川に入らなければ四谷御門の先で行き止まりだし、江戸川に入ったところでたかが知れてるぜ」

「親分、江戸川に入れば、あたりは人目のない田畑だらけでさ。いかにも奴らが落ち合いそうな場所です」

「それにしても熊、変だとは思わねえか」

「なにがですか」

熊五郎は首を傾げた。

「美濃吉の仲間がひとりもいねえってのは、おかしくねえかってんだよ。甚八は間違いなく、仲間を引き連れて待ち伏せしているはずだ。そこに美濃吉は刀も持たずに向かおうとしているのは、おかしいじゃねえか」

「親分、美濃吉は『つむじ風』の生き残りですよ。おそらくどこかで、とんでもねえ贄をこうじているはずですよ」

「それもそうだな。熊、絶対に美濃吉の舟の提灯を見逃すんじゃねえぞ」

金八はそういうと、流れ行く川面に両手を差し入れ、すくった水で顔を洗った。

息を切らせて両膝に手を突いた翔次郎は、背中を波打たせながら首をひねり、背後の様子を探った。

甚八の駕籠は影もみえないが、一丁ほど前方では常夜灯の明かりに、姿見橋がうっすらみえていた。

走り続けて息の上がった翔次郎は、一服つけようかと思い懐から煙草入れを取り出した。

しかしその時、半年ほど前に志乃吉にいわれた、

「翔次郎の旦那も、そろそろ煙草を止めたほうがよろしいんじゃないですか。あたしはあの煙を吸うと咳が止まらなくなって、二日は調子が悪くなるんですから。あの紫色の煙は、絶対に肺腑にいいわけがありませんよ」

という言葉をふと思い出し、取り出した煙草入れを懐にしまった。

志乃吉にいわれるまでもなく、煙草を吸い始めたこの三年、痰が絡むようになったし、少し走っただけでも、息が上がるような気がしていた。

志乃吉にいわれて煙草を止めるのはなんとも悔しいが、翔次郎はもう一度煙草入れを取り出すと、花を落とした山吹の葉叢《はむら》に投げ捨てた。

翔次郎はもう一度、あたりを見渡してみたが、どこかに身を潜めようにも橋の袂に

百姓家が何軒かあるだけだ。

しかも橋を渡れば氷川社の田んぼが広がり、ますます身の隠しようがない。

だがそれは甚八も同じことで、奴が待ち伏せをするとしたら百姓家に身を潜めるしかない。

ならば鉢合わせしないようにするには、今のうちに橋を渡り、氷川社の田んぼに身を潜めるしかなかった。

「考えたって仕方がねえか……」

翔次郎はそう呟くと、背後を確認しながら姿見橋に向かって走り出した。

雲が切れて雲間から月明かりが漏れ始め、翔次郎は幸運にも、橋の向こう側にある小屋を発見した。

神田川を遡上してきた美濃吉は、江戸川橋を過ぎた先にある関口橋の左側の河岸に舟を止めた。

「おい、美濃吉の野郎、提灯を消しやがったって……あれ、またついた」

「親分、美濃吉は提灯の蠟燭《ろうそく》を替えただけですよ。俺たちも舟を下りましょう」

「よし、寅、川の右側に舟を止めろ」

寅蔵は近くに見つけた桟橋に舟を止めた。

すでに舟を下りた美濃吉の提灯が、川沿いの田んぼのあぜ道で揺れている。

「熊、この先にみえているあの橋は……」

「駒塚橋です」

「美濃吉はあの橋を渡るかもしれねえな」

「てえことは親分、野郎は鬼子母神にでもいこうってんですかね」

「そんなこたあわからねえよ。ともかく駒塚橋まで先回りするぞ」

金八たちは草履を脱いで裸足になると、川縁を音もなく走った。

そして駒塚橋をすぎた右側にある水神社で身を潜めた。

ほどなくして提灯をぶら提げた美濃吉が目の前を通った。

「あれ？　親分、美濃吉の野郎、右手の南蔵院に通じる道じゃなく、川沿いの田んぼの中に入っていきましたぜ」

美濃吉の背中を見送った熊五郎がいった。

「そんなことはわかってるよ。それより、あの田んぼの先には何があるんだ」

「えーと、姿見橋のところで氷川社にぶつかっちまいますよ」

「こんな辺鄙なところで、いったい何をしようってんだ」

「親分、お言葉ですが、奴らは殺し合いをするに決まってるでしょ。そういう意味じゃ、田んぼに囲まれた氷川社はうってつけじゃねえですか」

「うるせえっ！　そんなこともわかってるんだよっ！」

興奮した金八は熊五郎に振り返ると、脳天を平手で打った。

きれいにそり上げた月代が、ぴしゃりといい音で鳴った。

――間もなくお菊を手込めにして殺した甚八が、いよいよ目の前に現れるはずだ。

だが一番腕の立つ翔次郎抜きで、果たして勝てるのか。府中宿に向かう途中、追いはぎに襲われたときにみた早雲の杖術の腕は、確かに天下一品だった。だが相手が手練《てだ》れだったとき、あの杖術でどこまで太刀打ちできるのか。

そんな不安を抱えたまま美濃吉を追ってきた金八の内心では、甚八への恨みと憎悪が燃え上がる一方で、確実に恐怖が芽生えていた。

終わりのない憎悪と恐怖のせめぎ合い。

金八の辛抱も限界を迎えていた。

しかも闇の中を中腰で追い続けているために、背骨が悲鳴を上げ始めていた。

「親分、美濃吉の野郎は一丁も先を歩いているんです。提灯を持ってねえ俺たちは、よっぽど近づかねえ限り、美濃吉にみつかる心配はねえんですぜ。何も俺たちが、中腰で歩くことはねえんじゃねえですか」

「そういうことは、早くいえっ」

金八は熊五郎の月代をもう一度ピシャリと叩くと、両腕を突き上げて腰を伸ばした。

「それにしても、ここまできたってえのに、未だに美濃吉の仲間が姿をみせねえのはどういうことなんだ」

腰に手を当て、上体を二度三度とひねりながら、緊張をほぐした金八が視線を移すと、あいかわらず美濃吉の持つ提灯は一丁先の田んぼの中で揺れていた。

三

翔次郎が田んぼの掘っ立て小屋に身を隠して、すでに四半刻（約三十分）が経とうとしていた。

――さっきから提灯が四つ、橋の向こう側で行ったりきたりしているところをみると、奴らは四人か。どこで合流したのかわからねえが、全員町人風だな。

板壁の隙間から様子をうかがっていた翔次郎は、揺れながら橋の手前側に広がる田んぼの中を近づいてくる、提灯の明かりに気づいた。

――あれは美濃吉か。だが金八たちはどこにいるのだ。

金八たちが提灯を持って、美濃吉を追うわけがないことにも気づかぬほど、翔次郎は緊張していた。

ほどなくして、橋の向こう側の百姓家の前で揺れていた、四つの提灯が同時に消えた。

——甚八たちも、美濃吉に気づいたようだな。

翔次郎が目を凝らすと、脇差しを帯に差して裾をひらつかせた甚八を先頭に、揃いの黒半纏を着込んだ三人の男が控えているのがみえた。

とそのとき、翔次郎の背後にある入口の木戸がいきなり開いた。

体を反転させた翔次郎は、目にも止まらぬ早業で抜刀した。

「だ、誰だっ！」

「ご、御用だっ！」

大刀が空気を切り裂いた音に、金八が押し殺した声で叫びながら、十手を差しだした。

「驚かすな、その声は金ちゃんじゃねえか」

翔次郎はこれもまた一瞬の、見事な太刀さばきで大刀を鞘に収めた。

「翔ちゃんこそ、驚かすなよ」

熊五郎と寅蔵が小屋の入口にへたり込んだ金八の両脇を抱え、小屋の中に運び込んだ。

「みんな、ちょいと静かにしてくれねえか。いま甚八が何ごとかを美濃吉に話しかけているんだ」

熊五郎と早雲が、翔次郎に並んで板壁の隙間から外をみた。

雲の切れ間から差し込んだ月光が、橋上の五人を照らし出している。

甚八が何ごとかを叫ぶと、背後にいた仲間の三人が脇差しを抜き、美濃吉を取り囲むように散開した。

その動きはまるで無駄がなく、かなり場慣れしている様子がうかがえた。

だがそのとき、異変は起こった。

橋の下に隠れていた影が三つ、音もなく欄干を越えて橋上に姿を現した。

まるで忍者を思わせる黒装束だが、よくみるとたすき掛けをした黒い着物の裾を端折り、黒い股引に黒い脚絆、その手には大刀の抜き身が握られている。

黒い頭巾を被っているために定かではないが、その身なりと物腰からすると三人は侍に間違いなかった。

「橋の下から美濃吉の仲間が現れた。いくぞっ」

翔次郎は掘っ立て小屋の木戸を蹴破り、表へと走り出た。

すぐさま早雲と金八たちが後に続いた。

「美濃吉、手めえ、また俺たちを騙しやがったな」

「し、知らねえ、俺は関係……」

美濃吉が話し終わらないうちに、脇差しを腰だめに構えた甚八が突進した。

一瞬で美濃吉の腹を貫いた脇差しの切っ先が、血飛沫《しぶき》とともに背中から飛び出した。

美濃吉の銀鼠の羽織の背中が、みるみる深紅に染まる。

甚八の攻撃をみた黒装束の侍は一斉に走り出し、半纏姿の三人に対峙した。

「止めろっ、止めるんだっ！」

翔次郎が叫びながら刀を抜くと、三人の黒装束はそれを合図にしたかのように目前の敵に斬りかかった。

半纏の男たちの剣法など、所詮はヤクザの喧嘩殺法。

全身から猛烈な殺気を放つ、黒装束の男たちの敵ではなかった。

目にも止まらぬ素早い斬撃に、刀を持った腕を切り落とされた男と、太ももから脚を切断された、もうひとりの男の悲鳴が闇を切り裂いた。

そして最後の男は悲鳴を上げることもなく、切り落とされた首がゴロゴロと橋の上を転がっていた。

「甚八、覚悟しやがれ」

三人の黒装束をすり抜けた甚八に、金八が十手で殴りかかった。

だが甚八は金八の一撃を楽々とかわし、ひらりと欄干を飛び越えて川に飛び込んだ。

「畜生っ、逃がすかっ！」

金八は懐からピストルを取り出すと甚八の頭を狙い、あっという間に全弾五発を撃ちつくしたが、無情にも甚八を撃ち殺すことはできなかった。

轟音が鳴り響く中、三人の侍を前にした早雲の樫の杖が、頭上でブンブンと唸りを上げていた。

その背後から、大刀を八双に構えた翔次郎が進み出た。

「長居は無用だ」

半纏姿の男の首を刎《は》ねた黒装束が、潜もった声を上げた。

すると三人は一瞬できびすを返し、高田馬場へと続く闇の中に走り去った。

「熊、寅、追うんだっ！」

「金ちゃん、止めろ。熊や寅がかなう相手じゃねえ」

翔次郎は血まみれで倒れている美濃吉を抱き起こした。

「翔ちゃん、甚八の野郎には、また逃げられちまったようだぜ」

欄干から川を覗いていた早雲がいった。

「和尚、放っておけ。おい、美濃吉、しっかりしろ」

翔次郎は美濃吉の上体を揺すった。

「ああ、翔次郎の旦那……」

意識を取り戻した美濃吉が、ゆっくりとまぶたを開いた。

「親父、なんだって甚八たちを皆殺しにしようなどと考えたんだ。闇烏の連中が何をいおうが、あくまで手めえは茂平じゃねえとシラを切り、鰻屋を続けりゃ良かったじゃねえか」

「旦那、そうじゃねえんですよ……あっしは何もしてねえんです。確かにあたしの府中宿の店を燃やして女房と娘を殺し……お菊まで殺しやがった甚八たちは許せねえ。だが……あいつらが『俺たちは殺ってねえ』ってシラをきる姿が、どうも嘘をついているとは思えなかったんです……それに元を正せば……あたしが『つむじ風』の仲間を裏切ったことから始まったんだ。因果応報とはこのことなんですよ。ゲフッ」

美濃吉は、口から大量の血反吐を噴き出した。

おびただしい鮮血が、美濃吉の首筋から襟元を深紅に染めた。

美濃吉が甚八から受けた突き傷は、肺腑を貫通しているようで、このままいけば呼吸困難となって死に至る。

もとより美濃吉を助命する手だてなどあるわけもなく、翔次郎はその死の瞬間まで、肩を抱いているしかなかった。

「美濃吉、お前さんが何もしていねえってのは、どういうことだ」

「銀治郎、米蔵、九助……あたしは誰も殺しちゃいねえってことです。ふた月ほど前……あたしが『つむじ風』の茂平と嗅ぎつけた、銀治郎が訪ねてきました。あたしは……人違いだと否定しましたが……二十日ほど前に銀治郎が、二千両を返せと『つむじ風』が使っていた……錠前と鍵を持ってやってきたんです」

「それを闇蔵に隠したのか」

「ええ、錠前と鍵は……『つむじ風』が獲物を分けるとき使っていた割り符でしてね……あたしは皆を裏切ったときに捨てちまったけど、仲間は……あたしへの恨みとともに……倅に託していたんですね」

「だがその気持ちが、倅たちからまっとうに生きる道を奪い、どうしようもねえ盗人稼業に進ませちまったんだ」

「皮肉な話ですねえ。ところがそれからしばらくして……大川で銀治郎の死体があがりました……首の骨をひねり折られて……あの殺し方はね、あたしらの首領だった伝蔵の手口でしてね……それが原因で……『つむじ風』なんて呼ばれるようになっちまったんです」

美濃吉は苦しそうに咳をするたびに、口から鮮血を噴き出している。

その声もすでに力なく、死は目前まで迫っていた。

「その手口のことを甚八たちは知っていたのか」

「ま……まさか、人殺しの手口を倅に話す父親はいませんよ。あたしは銀治郎と米蔵の死に様を知り……これは『つむじ風』に恨みを持つ奴の仕業と思いました。それに考えてみると、府中宿で黒焦げになって死んだ女房と娘も……首が妙な形で曲がっていました。てえことは……銀治郎を殺した下手人と、女房と娘を殺した下手人は……同一人物だと思ったんです。それであたしは甚八たちを捜したのですが……今度は米蔵が殺されちまいました。甚八はふたりの殺しはあたしの仕業と思いこみ……お菊を手にかけやがった……」

「美濃吉っ、お前さん、銀治郎と米蔵を殺した下手人に心当たりがあるのかっ」

「へへへ……これでしまいに……したかったんですよ……」

そこまでいった美濃吉の、煌々と輝く月が映った瞳が小刻みに震え、ゆっくりとまぶたの裏に吸い込まれた。

翔次郎が美濃吉の頬を平手で何度も叩くと、美濃吉は再びゆっくりとまぶたを開いた。

「あれ、旦那……あたしはまだ……死んでねえんですか」

「美濃吉、もう一度聞くが、お前さんは銀治郎と米蔵を殺した下手人に、心当たりがあるのかっ」

「翔次郎の旦那……こんなあたしでも……一度だけ仏心を出しちまったことがありましてね……暗がりで怯える子供をどうしても殺せなかった……」

再び美濃吉の瞳が、まぶたの奥に吸い込まれた。

「美濃吉っ！　それは誰なんだっ！」

翔次郎が美濃吉の上体を揺すると、血まみれの唇がわずかに震え、右の口角が上がった。

「お……おわり……や……」

美濃吉はそれだけ呟くと、その首は力なくガクリと折れた。

両目のまぶたは小刻みに震えているが、二度と開くことはなかった。

翔次郎はいままさに、死を迎えた美濃吉の上体をその場に横たえた。

「翔ちゃん、美濃吉は銀治郎たち三人を殺してねえって、どういうことなんだ」

美濃吉の遺体を挟んだ向こう側で、立て膝を突いた金八が問いかけた。

「悪党とはいえ、美濃吉がいまわの際にいったんだ。嘘とは思いたくねえよな」

「金ちゃん、翔ちゃんのいうとおりだよ。それに美濃吉は首の骨を折られた銀治郎と米蔵の死に様から、下手人に思い当たる節があるようだったじゃねえか」

美濃吉の頭側に立って見下ろしていた早雲がいった。

「そんなことといったって……」

「金ちゃんよ。美濃吉は首の骨をひねり折る手口は『つむじ風』の首領だった伝蔵の手口で、その手口から『つむじ風』と呼ばれるようになったといっていた。そして銀治郎、米蔵、九助殺しは、その手口を知る誰かの仕業といったんだ」

「そんなの、ただの与太話かもしれねえぜ」

「金ちゃん、お前さんの気持ちはわかるが……」

翔次郎はおもむろに立ち上がった。

金八が美濃吉を下手人と思いたい気持ちは、痛いほど理解できた。なぜなら、美濃吉が銀治郎、米蔵殺しの下手人ではないのだとしたら、お菊はただの間違いで犯され、殺されたことになってしまう。それはまさに無駄死にで、あまりにお菊が哀れだった。

翔次郎は両手で襟元をただした。

そして群雲のかかり始めた月を眺め、小さなため息をついた。

「この親父、最後の最後にこれでしまいって、駄洒落をいい残してあの世に行くような玉じゃねえってんだよな、翔ちゃん」

早雲は右手の人差し指で鼻の下をさすった。

月はみるみる雲に覆われ、姿見橋に立つ翔次郎たちを闇が包みこんだ。

四

永徳寺の本堂にもどった翔次郎たちは、眠れぬまま朝を迎えていた。

昨夜、姿見橋で美濃吉と甚八が直接対決したことで、美濃吉は甚八の凶刃に倒れ、甚八の仲間は突如、橋下から姿を現した謎の三人組に殺された。

しかし甚八は、辛くも姿見橋から江戸川に飛び込み、またしても逃走した。

もし、昨夜殺されたのが美濃吉ではなく甚八だったなら、惚れた女を陵辱されて殺された金八が抱く恨みも、多少は晴れたかもしれない。

だが、ことはすべて裏目にでた。

しかも翔次郎たちは、美濃吉こそが闇烏一党を次々と殺した下手人と考えていたのに、美濃吉はそれを否定し、いまわの際に本当の下手人の存在を示唆した。

翔次郎たちは完全に行き詰まっていた。

しばらくすると、山門を潜ってきた人影にどこかで野良犬が吠えかかり、石畳で餌をついばんでいた雀の一群が飛び立った。

「翔次郎の旦那、昨夜は大変だったみてえですね」

安佐吉が、なにやら風呂敷包みを下げて立っていた。

「大変もクソもねえや。美濃吉は甚八に殺され、甚八の仲間は姿見橋の下から突然現れた謎の三人組に殺された」

「ほう、で、甚八は」

安佐吉は本堂に上がる階段に腰掛け、風呂敷包みを解いた。

「野郎は、川に飛び込んで逃げられた」

「甚八の仲間を斬った三人組ってのは……」

「侍だが、並の使い手じゃねえ。熊五郎と寅蔵が追おうとしたが、俺が止めた」

「そうですか」

安佐吉は経木で包んだ握り飯の包みをほどき、三人が車座になる中央に置いた。

「温くなっちまったと思いますが……」

竹筒に入れた味噌汁を用意した三つの椀に注いだ。

それを見た早雲の腹の虫が鳴いた。

「ささ、皆さん、冷めないうちにどうぞ。握り飯も握ったばかりですから」

「親父、すまねえな」

早雲が長い手を伸ばし、味噌汁を美味そうにすすった。

それをみた金八も、握り飯を摑んで齧りついた。

「翔次郎の旦那、美濃吉の最後の様子はどうでした」

安佐吉が聞ねた。

「甚八の突きが肺腑をえぐり、しばらくは息があったのだが……」

「何かいってましたか」

「ああ、銀治郎、米蔵、九助を殺したのは自分じゃねえってよ」

「ほう、それでは誰が殺したと」

「なんでも、美濃吉が『つむじ風』だった頃、つい仏心をだして殺さなかった子供がいたそうだ。だがその子供が下手人といったわけではない」

「そうですか。奴ら『つむじ風』は誰彼かまわず、その場にいた者は心の臓を刺し貫き、首の骨をひねり折ってとどめを刺しました。そしてその場にある金はもちろん、着物や書画骨董まで跡形もなく持ち去りやがった。それで『つむじ風』なんて呼ばれるようになったんですが、なんだって美濃吉はいまわの際に、かつて助けてやった子供のことなんか思い出したんですかね」

「武蔵府中宿で殺された美濃吉の女房と娘も、首が妙な角度で曲がっていたそうで、奴はそれで『つむじ風』の殺しの手口を知るはずのない、甚八たち闇烏の仕業ではないと考えたそうだ。そして、下手人はその手口を知っている……」

「昔、『つむじ風』に襲われた、被害者の生き残りの復讐って考えたわけですね」

「そういうことだな」

「で、その生き残りの名前は」

「それが、美濃吉はまさにいまわの際に『これでしまいにしたかった』とかいって、息を引き取りやがったんだ」

「いまわの際にねえ」

安佐吉は懐から取り出した煙草入れから煙管を取り出し、雁首をひねりながらきざみを詰めた。

「そうだな。まあ、正確には『お……おわり……や……』ってのが、最後の言葉だったんだがな」

「ほう、『お……おわり……や……』ねえ」

安佐吉は取り出した火口に、火打ち石と火打ち金で火をつけ、あっという間に煙管の煙草に火を移した。

「……まてよ」

「なんだ、親父、何か気になることでもあるのか」

「あの、『おわり』は『終い』じゃなくて、八王子の呉服問屋の『尾張屋』ですよ。今から二十年ほど前、『つむじ風』は両替商の『銭屋』を襲って二千両を奪い、その十日ほど後に『尾張屋』を襲いました」

「その話は前に聞いたことがあるな」

「その『尾張屋』なんですがね、あっしらが阿鼻叫喚の現場を調べていると、押し入れに隠れていた兄妹がみつかったんですよ」

「その兄妹の年頃は」

「男の子が六つ、七つ、女の子は三つ、四つでした」

「てえことは、今は二十六、七、と二十三、四か。その兄妹は、その後、どうなったんだ」

「たしかふたりともお代官様の紹介で、子供のいねえ八王子千人同心の養子になったとか」

「武蔵府中宿にあった、美濃吉の旅籠が焼けたのは……」

「五年前です」

「たしか武蔵府中宿で話を聞いた中屋の親父の話では、美濃吉の旅籠が焼けた晩、江戸から八王子に帰る途中の侍夫婦を紹介したといっていた。ことによるとその侍夫婦が『尾張屋』で生き残った兄妹で、美濃吉の女房子供を殺して火をつけたのも、そいつらの仕業じゃねえのか」

「翔次郎の旦那、なんだか読めてきましたね。あっしはその兄妹がいま、どこでどうしてるのか調べてめえりやす」

安佐吉はいうが早いか、あっという間に尻っぱしょりをすると、風のように走り去った。

「あらあら、安佐吉さんはもうお帰りですか」

本堂の声に気づいたお絹が、茶を用意した盆を抱えて現れた。

「お絹さん、朝飯は『番太』の親父に握り飯を馳走になっちまったから、今日は自分の心配だけしてくんな。そうだ、まだ握り飯が三つ残っているから、お絹さんも馳走になっちまえ。ほれ」

早雲はお絹に、握り飯が載った経木をさしだした。

「和尚様、本当によろしいんですか」

「かまわねえよ」

早雲はわずかに毛が伸び始めた、ざらざらの坊主頭をなでた。

お絹が嬉しそうに握り飯を受け取ったとき、無情にも翔次郎の腹の虫が鳴いた。

「あの、これはもしかして、翔次郎様の分ではないのですか……」

「俺はいいんだ、お絹さんが食ってくれ」

翔次郎がそういって立ち上がると、無情にも腹の虫がもう一度鳴いた。

「翔次郎様、よろしいんですよ。じつは間もなくご飯が炊きあがります。わたしはそちらをいただきますから。はいっ」

翔次郎は不覚にも二度も鳴いた腹の虫に耳まで赤くして、お絹が差しだした握り飯を押し戻した。

「お絹さん、本当にいいんだ」

「翔ちゃんが飼ってる腹の虫は、飼い主と違って正直なんだからよ、いいから食えってんだ。ギャハハハ」

金八が翔次郎の着物の裾を引っ張った。

「うるせえな、いらねえったら、いらねえんだっ！」

翔次郎は金八が摑む裾を振り払い、境内に飛び降り山門へと走った。


昼過ぎ。

大川の流れに任せ、翔次郎と志乃吉の乗った屋根舟は永代橋を潜った。

昨夜から一睡もしていない上に、波間を漂う心地よい揺れと志乃吉に勧められるままに飲んだ酒が、強烈な睡魔となって襲った。

「翔次郎の旦那、姿見橋に現れた三人の侍ってえのは、そんな強そうだったんですか」

どこか投げやりな翔次郎に、志乃吉は理由を見透かしたように訊ねた。

すると翔次郎の脳裏に、昨夜、三人の黒ずくめ侍と対峙したときの記憶が鮮明に甦り、まぶたを重くしていた眠気を一気に吹き飛ばした。

「ああ、強いぜ。さすがに流派まではわからねえが、全身から発せられた殺気、一太刀で確実に腕や脚、首までも両断する腕は並じゃねえ。あれは何人も人を斬った者の太刀筋だ」

「でも旦那だって、千葉道場で北辰一刀流の大目録皆伝を許された達人なんでしょう？」

「俺たちが道場で身につけた剣法なんて、所詮、防具を着けて竹刀や木刀を振り回す、剣術踊りみてえなもんなんだ。竹刀や木刀だから安心して打ち込めるし、避ける方も多少の失敗は覚悟で相打ちを狙える。骨が折れることはあっても首が飛ぶことはねえからな」

「なるほどねえ。何度かお玉が池の千葉道場の前を通ったことがあるけれど、あの激しい打ち合いの音は、そういうことだったんですか」

「だが志乃吉、真剣は違うぜ。触れただけで皮膚が裂け、血が噴き出すことを考えたら、そうそう打ち込めるものではないし、受けることもできねえ」

「そんなもんですかねえ」

「それなのにあいつらは、甚八の仲間が構えた脇差しなど目に入らぬように、三人とも間合いに入った瞬間、躊躇なく斬撃を繰り出した。あれは相手の腕と間合いを完璧に見切り、命を奪うことだけを目的とした戦場の剣だ」

「金八親分は、かないますかね」

「馬鹿をいうな。あいつは喧嘩も弱えし脚も遅い。ガキの頃、和尚と俺、金八の三人で嫌というほどチャンバラごっこをしたが、金八はいつも頭にタンコブをつくり、あいつが泣き出すのが終わりの合図だった。そんな金八が百人いたってかなう相手じゃねえよ」

「じゃあ、旦那ならかないますか？」

志乃吉は火をつけた煙管を翔次郎に手渡したが、翔次郎は川面に投げ捨てた。

それをみた志乃吉が、わずかに笑みをみせた。

「かなわないかも、しれねえな。俺は人を斬ったこともないし、斬られたこともないからな」

「だったら、もう手を引いたらどうですか。美濃吉さんも殺されたし闇烏だって三人殺されて、あとは甚八が残るだけなんでしょ。お菊ちゃんだって、金八親分にこれ以上、危ない橋を渡ってほしくないいんじゃないですか」

志乃吉は川面に手を伸ばし、細く白い指をわずかに濡らした。

「それは無理な相談だな」

翔次郎はそれだけいうと、志乃吉の膝を枕に横たわった。

翔次郎は再び強烈な睡魔に襲われていた。

「最初はおもしろ半分だったんですよね。それがまさか、お菊ちゃんがあんな死に方をしちゃったもんだから……、旦那たちだって、まさかこんなことになろうとは思いもしなかったんですよね」

志乃吉は独り言のようにいった。

そんな志乃吉の言葉を遮るように、翔次郎は静かな寝息をたて始めた。

志乃吉はその場で羽織を脱ぐと、そっと翔次郎の肩にかけた。

五

夕刻、金八は参道の石畳に置いた七輪の上に土鍋を載せた。

土鍋には醤油出汁がはられている。

「金ちゃん、なに鍋をやろうってんだ」

早雲とお絹は中身のない鍋に首をひねった。

「まあ、みてろって」

金八は出汁からうっすらと湯気が上がり始めたところで、木桶に入っていた五十匹ほどの泥鰌を土鍋の中に入れた。

泥鰌の一団は、鍋の中を旋回するように泳いでいる。

「金ちゃん、泥鰌たちが気持ちよさそうに泳いでるところをみると、湯加減はばっちりみてえだな」

早雲は楽しそうに土鍋の中で泳ぎ回る泥鰌をみた。

「そろそろいい頃だろう」

金八は鍋の中に、絹ごし豆腐を一丁まるまる放り込み、やにわに七輪を団扇であおぎだした。

一気に炭の火力が増し、出汁の温度が上がりだすと、鍋の中では熱さに悶え苦しむ泥鰌が猛烈な勢いで泳ぎだし、次々と豆腐の中に潜り込み始めた。

「おいおいおい、金ちゃん。ちょいと残酷過ぎやしねえか」

金八は早雲の声など聞こえぬように、目を爛々と輝かせて七輪をあおぎ続けた。ほどなくすると、最後の一匹が豆腐の中に隠れ込み、鍋から泥鰌が姿を消した。出汁はぐつぐつと沸騰し始めていた。

「金ちゃん、なんとも恐ろしい鍋だけど、なんていうんだ、この料理は」

「地獄鍋だ。釜ゆでと同じだから、五右衛門鍋でもいいな」

金八は不気味な笑みを浮かべて早雲をみた。

「金ちゃん、こいつはあまり、粋な食い物じゃねえな」

「破戒坊主がなにをいってやがる。確かに五十の命が、いままさに昇天した。だがよ、もうしばらくしてみろい、冷たかった豆腐の中に逃げ込んだ泥鰌に、じっくりと火が入る。しかも一度熱くなった豆腐は冷めにくく、泥鰌は骨まで柔らかく、身はふっくらと煮上がるって寸法よ。こいつを一口食ってみな、あまりの美味さに、こっちが昇天しそうになっちまうぜ」

「そ、そんなもんかな、ナンマンダブナンマンマンダブ……」

早雲は鍋に向かって両手を合わせ、いきなりお題目を唱え始めた。

「よし、もう大丈夫だっ！」

金八は呆然と鍋を見下ろす早雲とお絹に箸と椀を渡した。

三人が鍋の豆腐と泥鰌をたいらげて小松菜を放り込んだとき、一升徳利をぶら提げた翔次郎と志乃吉が、山門に姿を現した。

「なんだ、寺の参道の石畳で鍋とは、随分、粋な真似をしてるじゃねえか」

翔次郎はそういって通い徳利をふたつ、お絹に手渡した。

「あれ、行儀の悪い腹の虫を飼ってる、翔次郎の旦那じゃねえですか。もう虫は鳴き止みましたか」

金八は鍋底にあった最後の泥鰌を摘み、口の中に放り込んだ。

金八の向かいにいる早雲も、なにやらにやついている。

「旦那、なんのことですか。なんか変な虫でも飼っているんですか」

事情を知らない志乃吉が、怪訝そうな顔で聞いた。

そこに安佐吉が姿を現した。

「おう、親父さん。例の兄妹のこと、何かわかったかね」

「翔次郎の旦那、こんなところで話せるわけねえでしょう」

安佐吉は虫の居所が悪いのか、ぶっきらぼうにそういうと、さっさと本堂に向かった。

翔次郎と金八、早雲は顔を見合わせると、あわてて安佐吉の後を追った。

「志乃吉姐さん、とりあえず引き戸は閉めてもらえねえかな」

安佐吉は最後に本堂に入ってきた志乃吉にいった。

「はい」

志乃吉は引き戸を閉めると、翔次郎の背後に控えた。

「兄妹の名は大野龍之進と百合。二十年前、八王子千人同心の大野伝蔵の養子になり、八年前に家督を継いだ龍之進は、現在日光勤番だそうです」

「八王子千人同心が日光勤番？」

「翔次郎の旦那、八王子千人同心は、甲州からの襲撃に備えて作られたお役ですが、太平の世の今は、日光東照宮を警護するのが主なお役目なんですよ」

「そういうことか。なにせ当家は二百五十四年無役ときているからな……、で、百合という妹は」

「それが、細かな事情はわからねえんですが、六年前に信濃の善光寺近くにある商家に嫁いだそうです。ところが翌年に起きた大地震で、一家もろとも行方不明になっちまったそうです」

「そうか、あの地震の直撃にあっちまったのか。翔ちゃんも憶えてるだろ、あのときは庫裏の瓦がバラバラと落ちやがって、俺はこの世の終わりかと思ったぜ」

早雲は一升徳利の栓を抜き、自分の茶碗に酒を注いだ。

「親父さん、大野龍之進とかいう兄貴の剣の腕は……」

「天然理心流、千人同心きっての腕前だそうです」

その昔、天然理心流の使い手は、その気合だけで敵の自由を奪う、気合術なる技を会得していたという話を翔次郎は思い出した。

姿見橋で三人の侍が大野龍之進たちだったとすれば、あの時、彼らが発した凄まじい殺気も納得がいく。

翔次郎は腕組みをすると、大きなため息をついた。

「親父さん。そうなると、ほかのふたりは助っ人で、同じく千人同心ということになるのかな」

「和尚様、そうと決めるのは早計ですぜ。八王子で商いをする商人の中には、元武田臣下だったものも多くいやす」

「元武田臣下って……」

「武田透波といえばおわかりですかね」

「忍びということか」

「ええ、かつて『つむじ風』に殺された者の中に、草となって潜んでいた元武田臣下の家系だった者がいても、不思議じゃありやせんからね」

「なるほどな。龍之進がそういう遺児を集め、復讐を企てたとも考えられるか」

早雲は何度も頷きながら、金八が抱えている徳利を奪い取った。

「ということは、行方不明になっちまった百合とかいう妹はともかく、姿見橋の下に隠れていた三人は『つむじ風』に親を殺された者たちで、その復讐のために美濃吉と『つむじ風』の一党の倅である闇烏を捜しだし、次々と殺していったと考えて間違いなさそうだな」

金八は徳利を奪い取った早雲に、からの茶碗を突きだした。

「違うな」

言下に否定する翔次郎の顔に、一同の視線が集中した。

「なぜなら『つむじ風』に襲われて生き残ったのは、『尾張屋』の兄妹だけなんだよな、親父さん」

「へえ」

安佐吉は力強く頷いた。

「ということは、やはり三人組は、龍之進とその仇討ちに賛同した同志と考えるべきだ。それが千人同心なのか、天然理心流の道場仲間、あるいはその両方」

「だが翔ちゃん、そうなると龍之進とかいう奴は、なんで『つむじ風』の一党だった美濃吉を殺さなかったんだ」

金八は眉を八の字にしたまま聞いた。

翔次郎は腕組みし、天井を仰いだ。

「龍之進は自分たち兄妹を助けてくれた、美濃吉の顔を憶えていたのかもしれませんね」

安佐吉がいった。

「なるほどな。龍之進にしてみれば、美濃吉は親の仇だけど命の恩人でもあるからな。それで殺せなかったのかな」

早雲がわけのわからないことをいった。

「早ちゃん、俺はそうは思わねえぜ。第一、龍之進と百合は五年前に武蔵府中宿で、美濃吉の女房と娘を殺して店を焼いているんだぜ。そんな外道が、命の恩人だなんて殊勝な心を持っているはずがねえだろう」

金八は腹に溜まった、苦い物を吐き捨てるようにいった。

「親分、百合は六年前に信濃に嫁ぎ、翌年の大地震で死んでいたとしたなら、府中宿にはいけませんよね」

「確かにな。そうなると女は、龍之進が夫婦者に化けるために用意したとすれば辻褄は合うが……」

金八は酒を一口すると、喉をゴクリと鳴らして飲み込んだ。

「みなさん、これまでの経緯から考えれば、どう考えたって龍之進は闇烏をおびき寄せるために、美濃吉を餌にしたんですよ」

「親父さん、もう少しわかりやすく説明してくれよ」

「いずれにしても、龍之進は美濃吉に名を変えた茂平が、武蔵府中宿で料理茶屋をやっていることを知り、奴を殺すために武蔵府中宿の旅籠中屋に投宿するつもりだった。ところがその日、あいにく中屋は富士講の客で満員で、奇遇にも中屋の主人平兵衛が紹介したのが料理茶屋の『大國』だった。その晩、龍之進は美濃吉を殺そうとしたが、店にいたのは女房と娘だけ。龍之進はとりあえず女房と娘を殺し、店に火をつけて逃げたという考えはいかがでしょう」

「そこまでは俺も納得するよ」

「金八親分、龍之進は、闇烏の連中だって捜しあぐねていた、美濃吉の居所を捜し当てた男ですよ。龍之進が集めた情報の中には、美濃吉を狙っている闇烏の連中のこともあっただろうし、奴ら『闇烏』が仇の『つむじ風』一味の倅だったことも知っていたはずです」

「親父さん、それなら美濃吉を囮にするまでもねえだろうが」

「金八親分、そうでしょうか。美濃吉は府中宿で料理茶屋をやっていたから、ある意味捜し出すのは楽だった。おそらく龍之進は鰻鉄のことも掴んでいたことでしょう。

しかし……」

「しかし、どうしたい」

「闇烏の連中は居所を転々としているから、代官所やあっしたちでも居所が摑めねえ。居所を摑めたのは、母親が内藤新宿で旅籠をやっている銀治郎だけだったはずです」

「それじゃあ美濃吉と銀治郎は、龍之進の手の者に見張られていたのか」

「たぶん、そういうことでしょう」

「だから居所を知られている銀治郎が、最初に殺されたのか」

金八は納得したのか、ひとりだけ大きく頷いた。

「美濃吉は死ぬ前に、『つむじ風』が割り符代わりにしていた錠前と鍵を持ってきた銀治郎に、二千両を返せと脅されたといっていた。だが龍之進は交渉役に銀治郎を立たせ、姿をみせない甚八をおびき出すために、銀治郎を殺したんだ」

「金八親分、そういうことです」

安佐吉はいつの間にか、火をつけていた煙管をくわえた。

「金ちゃん、美濃吉は銀治郎の死に様を知り、府中宿で女房と娘を殺した下手人は甚八たち『闇烏』じゃねえことを確信した。そして甚八たちの父親を裏切った罪滅ぼしとして、何者かが甚八たちの命を狙っていることを伝えようとした。だが米蔵を殺されて逆上した甚八はお菊ちゃんを襲った。どういう経緯かはわからねえが美濃吉も龍之進に行き着き、自分が甚八に殺されることで恨みの連鎖を断ち切ろうとした。美濃吉が『これでしまいにしたかった』といったのは、そういうことだろう」

恨みが恨みを呼ぶ、まさに怨念の連鎖に一同は言葉を失い、本堂に長い沈黙と静寂が流れた。

誰も口を開かぬまま四半刻が過ぎた頃、重苦しい雰囲気に耐えかねた翔次郎が口を開いた。

「俺は少しばかり頭を冷やしてくる」

志乃吉の腕を掴んで立ち上がり、そのまま本堂を出た翔次郎を誰も止めなかった。

六

翔次郎と志乃吉は神田川縁にでると、そのまま左に曲がった。

昌平橋を過ぎ、筋違御門を過ぎたあたりになると、両国方向に向かう雑踏に取り囲まれた。

「翔次郎の旦那、花火見物にでも行くんですかあ」

あまりの雑踏に、翔次郎を追うのもひと苦労となった志乃吉が聞いた。

翔次郎は無言のまま、川縁から左手の神田佐久間町の町屋側に移動すると、居酒屋の白文字で「花菱」と染め抜かれた暖簾を肩で割った。

「翔次郎の旦那、その店は……」

振り返ろうともしない翔次郎に、志乃吉は仕方なく店内に入ると、案の定、客はひとりもいなかった。

老夫婦が取り仕切るこの店は、酒や亭主の作る肴がまずいわけでもなく、女将をつとめる女房の態度が悪いわけでもない。

それなのにこの居酒屋は、いつも閑古鳥が鳴いていた。

その不可解さゆえに近所の酒好きの間では、付け火で店を焼かれて死んだ先代店主の怨念だとか、祟りといった噂話がまことしやかに囁かれていた。

なんでこんな不吉な店を選んだのかと問うこともできず、志乃吉は翔次郎の左隣に腰掛けた。

「志乃吉、近所の連中はこの店を避けているようだが、ここの酒も肴も実に美味いんだ。客もこないのに、酒選びや料理に精進したところでなんになるという者もいるが、人を斬ることもなく剣の道を究めようとする侍も同じだ」

翔次郎が呟くようにいうと、盆に徳利とぐい飲み、小鉢を載せた女将が現れた。

「今朝方、亭主が釣ってきたアジでございます。これは房州の漁師料理で、ネギと根ショウガ、大葉をくわえて味噌であえてございます。そのままお召し上がりください」

「ほう、漁師が大葉など使うのか」

「いえいえ、これはうちの亭主の酔狂でございます」

「ご亭主は侍上がりか」

「はい、昔、そのような話を聞いたことがございます。それではごゆるりと」

女将は丁寧に頭を下げると、板場の入口に姿を消した。

「旦那、ご亭主の酔狂って、どういうことですか」

志乃吉は、翔次郎のぐい飲みに酒を注いだ。

「この料理はな、たしか房州では『なめろう』とかいわれている料理だ。盛られた小鉢や皿を思わず舐めたくなるほど美味いから『なめろう』なのだろうが、そこに大葉を混ぜる。志乃吉、大葉はなんの葉だ」

「紫蘇でしょう」

「そうだ。紫蘇とご先祖の始祖をかけてるんだよ」

「始祖を舐めろ……ご先祖を舐めろですか」

「そういうことだ。ようするにこの『なめろう』は、傘張りの原因を作った当家のご先祖を舐めろ、いつまでも武士の身分にしがみついていねえで、武士なんかさっさとやめちまえという、この店の親父がくれた俺へのご託宣というわけだ」

翔次郎はニヤリと笑い、ぐい飲みの酒を一気に呷った。

志乃吉は笑うこともできず、ぐい飲みに酒を注いだ。

「ねえ、旦那は甚八をどうするつもりなんですか」

「どうもこうもねえだろう。金ちゃんには、甚八や手練れの侍どもを殺れる腕はねえんだ。ピストルだって音ばかりで当りゃしねえ。お菊ちゃんの恨みを晴らし、そいつらの供養をするのが俺と和尚の役目……ちがうか」

翔次郎はぐい飲みの酒を飲み干し、志乃吉に渡した。

「結局、そういうことになりますよね。旦那は北辰一刀流の大目録皆伝だし、金八親分の友達なんですもんね……」

翔次郎は志乃吉の肩を軽く二度ほどたたき、徳利の酒を注いだ。

志乃吉はその酒を一気に呷ると、半べそをかきながらおかわりを催促するように、ぐい飲みを突きだした。


その頃、永徳寺の境内でも酒盛りが始まっていた。

「しかし、こいつは美味い肉だな」

早雲はおろし生姜を溶いた醤油に真っ赤な肉片を浸し、口の中に放り込んだ。

精進料理しか食さない僧侶が、もりもりと獣肉を頬張る様をみた金八、安佐吉は、妖怪変化でもみるような目で早雲の口元をみた。

「なんだよ、和尚。俺が泥鰌の地獄鍋をやったときには、念仏なんか唱えやがったくせに、畜生の肉をガツガツ食らうとはどういう了見だっ！」

「むははは、これは獣肉だが、拙僧が殺生したわけではないからな。そう息巻かずに、金ちゃんも食ってみろよ。この煮込みなんて最高だぜ。お絹さん、この美味い料理はなんだね。ナンマンダブナンマンダブ」

「拙僧が殺生って、つまらねえ洒落をいってんじゃねえよ」

金八はなにかにつけ、お絹といちゃつく早雲が気に入らなかった。

「今日の昼過ぎのことなんですが、日本橋の魚河岸で知り合った日本堤の蹴飛ばし屋の女将さんが、新鮮な馬肉が手に入ったって、この肉を持ってきてくださったんですよ。こちらの煮込みは『おたぐり』といいましてね、馬の腸を味噌で煮込んだ信州の料理です」

「さすがにお絹さんは、武蔵府中宿で居酒屋をやっていただけあって、これまで馳走になった料理はすべて美味かった。なあ、金ちゃん」

「信州の料理って、お絹さんは信州にいたことがあるのかい」

「甲州街道沿いで居酒屋なんてやってますとね、甲州のお客さんたちも寄ってくれるんです。もちろん甲州でも馬肉を食べるし、『おたぐり』は醤油出汁で煮込むって教えてくれた甲州のお客さんが、信州では味噌で煮込んだ『おたぐり』を食べるって教えてくださったんですよ。それで試しにこしらえてみたのがこれなんですが、お口に合いましたでしょうか」

お絹はそういうと、安佐吉の茶碗に酒を注ごうとしたが、安佐吉は右手で茶碗に蓋をし、

「すまねえな、俺は酒が飲めねえんだ」

と笑みを浮かべた。

「親父さん、地獄だか五右衛門だか知らねえが、金ちゃんが作った泥鰌鍋、あれは邪道だろ。生きたまま泥鰌を煮殺すなんて、無粋もいいところだよな」

「和尚様、あたしはやったことはねえけれど、その鍋の話は聞いたことがありますよ」

「ほらみろ、邪道じゃねえんだよ。だけど、本当にこの煮込みは美味いな」

金八はお絹が作った「おたぐり」を貪るように食べた。

「金八親分、あっしも武州で馬肉はずいぶん食べましたが、味噌炊きってのは初めてです。なんでも西国では牛の肉を食べるそうなんですが、あっしは熊、鹿、猪、狸に馬、それから犬も食ったことがありやすが、牛ばっかりは食ったことがねえんですよ」

安佐吉も美味そうに「おたぐり」を頬張った。

「こんな美味い肉があるってのに、翔ちゃんはどこにいっちまったんだ。志乃吉が一緒ってことは、やっぱり戻ってこねえんだろうな」

「和尚、野暮なことはいいっこなしだぜ」

金八も頷いた。

「ところで親父さん、甚八はどこに逃げたと思うね。拙僧は武州に逃げ帰ったと思うんだが」

「和尚様、それはねえでしょう。野郎が武州に帰れば飛んで火にいる夏の虫。盗人仲間なんていっても、所詮は商売敵。隙を見せれば寝首を欠かれるのが奴らの世界ですからね」

「何か手がかりがあるのか」

「姿見橋で殺された甚八の仲間がいたでしょう。いま、あいつらの身元を洗わせてるんですよ」

「そういやあいつら、印のねえ揃い半纏を着ていたな」

「金八親分、これは親分の仕事じゃねえんですか」

「そりゃまあ、そうだけど……」

金八は、ばつが悪そうに口ごもった。

「親父さん、奴らを殺した三人組の侍はどうだね」

「和尚様、やつらが大野龍之進一派であり、日光詰めの八王子千人同心だったとしたら、金八親分がお調べになったほうがずっと早いと思うんですがねえ。ただ、八州廻りが勘定奉行配下であるように、八王子千人同心は旗本の槍奉行配下になりやすから、町方ではちょいと敷居が高くなりやすがね」

「金ちゃん、そうなのか」

「ああ、町方も勘定方も槍方も、すべて老中配下だが、ヤクザと同じで互いの縄張りには踏み込まねえって約束事があるんだ。それより龍之進一派が、殺しのたびに日光から江戸にくるってのは、お役目上無理だと思うんだが」

「和尚様が銀治郎の死体を大川で引き上げたのが、五月の十八日でしたね」

　安佐吉が徳利を差し出した。

「そうだったかな、金ちゃん」

「間違いねえよ。あれから十日後が大川の川開きだった。そう考えると銀治郎、米蔵、九助を殺し、姿見橋で待ち伏せしていた連中は、五月の半ばから、半月以上も江戸にいたことになる。つまり主犯の龍之進には、江戸表に滞在するよっぽどの理由があるということか。それくらいなら、俺にも調べられるかもしれねえな……」

「だけどさ、甚八にしろ三人組にしろ、居所がわかったところで、金ちゃんはどうするつもりなんだ」

「和尚、そんなこと決まってるじゃねえか。見つかった順に天罰を加える。それだけのことよ」

金八はムキになったが、それが強がりであることは全員が察していた。

「甚八にしても三人組にしても、犬や猫じゃねえんだぜ。昔からチャンバラは弱いし、殺しといったってせいぜい泥鰌くらいの金ちゃんが、金のために女子供を平気で殺せる外道と、天然理心流の手練れをどうやって始末するってんだ」

早雲は実力が伴わないにもかかわらず、気持ちだけは極端に走る金八をたしなめるようにいった。

「そんなことといったって、惚れた女を殺されたのは俺なんだ。その俺が指をくわえて眺めていられるわけねえだろう。どんなに汚え手を使おうが、俺が決着をつけなきゃ、お菊も浮かばれねえんだよ」

金八はムキになった。

「それじゃあ金ちゃん。甚八の居所がわかったら、その場所を龍之進に教えて殺させるんだ。そうすりゃ龍之進は恨みを晴らせることになるし、金ちゃんは三人組だけ始末すればいいことになるだろ」

「早ちゃんよ、世の中、そう都合良くはいかねえぜ。仮に甚八の居所がわかったところで、龍之進がみつからなければどうしようもねえじゃねえか。馬鹿だ馬鹿だと思っていたが、この破壊坊主は本当の馬鹿みてえだな」

金八は呆れたようにいうと、茶碗の酒を飲み干した。

「まあまあ、おふたりとも、奴らをどうするかは、見つけた後に考えればいいじゃねえですか」

安佐吉が間に入った。

「金ちゃん、親父さんのいうとおりだぜ。奴らをみつける前に、ああだこうだいったところで始まらねえよ。ここはまず、どちらでもかまわねえから行方を掴むことだ。ただ、返り討ちにあうことが分かり切っているのに、それを止めなかったとあっちゃ友達甲斐もねえし、お菊ちゃんに恨まれちまう。だからいっとくが、お前さんがお菊ちゃんの仇をとるなんてことは諦めろ」

早雲がそういって金八の茶碗に酒を注いだとき、そぼ降る小雨の中を息せき切って走ってきた熊五郎と寅蔵が、境内に転がり込んだ。

「熊、寅、どうしたってんだ」

「お、親分、大変です。甚八の、甚八の居所がわかりやしたっ！」

転げるように倒れ込んだ熊五郎が、石畳に両手を突いて叫んだ。

終章　血闘

一

お絹の肩を借りて本堂に上がり込んだ熊五郎と寅蔵は、金八が差しだした茶碗の水を一息で飲み干した。

「熊、寅、どういうことだ」

金八はふたりの前に、本堂に用意してあった水桶を差しだした。

「親分、すいやせん」

熊五郎と寅蔵は水桶の中に茶碗を突っ込み、立て続けに水を飲んだ。

「まあ、落ち着けや。話はそれからだ」

「親分、もう大丈夫です。じつは姿見橋で殺された甚八の仲間なんですが、あいつら、印のねえ揃い半纏を着ていましたよね」

「ああ、そうだったな」

「それでとりあえず、甚八が隠れていた内藤新宿界隈をあたってみたんです。そうしたら、青梅街道沿いにある『銭屋』って両替商が雇っていた三人の用心棒が、三日ほど前から姿をみせなくなったってんです」

「ほう、それでどうした」

「すぐに『銭屋』にいって番頭に話を聞いたところ、三人は三日ほど前にクビにしたというんです」

「ほう、熊さんは親分と違って、なかなか勘がよろしいというか、小回りがきくじゃねえですか。親分、翔次郎の旦那も仰ってましたが、甚八はかつて一味だった『玉屋』の五平に、美濃吉の始末を手伝えといったんじゃねえですか。五平は返り討ちにあっても後腐れのねえ、用心棒を刺客としてさし向けたんでしょ」

　安佐吉の話を聞き終えた寅蔵が、満を持したかのように口を開いた。

「親分、問題は別なんですよ」

「あーん？　寅っ、ちゃんと要領よく説明しろ」

「へい、じつはおいらが『銭屋』の外で兄貴を待っていたとき、向かいの『玉屋』って料理茶屋から、甚八の野郎が出てきたんですよ」

「ひとりか？」

「いえ、若衆がふたり、一緒でした。それでおいらは野郎を尾けたんですが、なんと追分近くの富士屋に飛び込みやがったんです」

「なに？　富士屋は女将のおたねと倅の銀治郎が殺されちまい、空き家になっているはずじゃねえのか」

「近所の者の話では、すでに五平の手に渡っていまして、近々、母屋の建て直しをするって話です」

「なるほど、あそこなら隠れ家にするにはもってこいだ。で、いま甚八は」

「へい、おいらの手下が見張ってます」

「そうか、でかしたぞ、寅っ！」

金八は茶碗の酒を飲み干すと、視線を本堂の外に移した。

そぼ降っていた小雨が、いつの間にか篠つくような本降りとなり、音を立てて参道の石畳を叩いている。

「和尚、本当に翔ちゃんはもどらねえつもりかな」

「この雨だからなあ。蛇の目の翔次郎にぴったりの舞台だけど、あの姐さんが一緒だからな」

「そういう奴なんだよ、甚八の居所がわかったってのによ。とりあえず、もうしばらく待ってはやるけどな」

金八は空の徳利を右耳のわきでふった。

それをみたお絹が立ち上がった。

「そうですよ、せっかくですから祝い酒でも飲みながら、翔次郎の旦那を待つことにしませんか。熊さんと寅さん、お腹のほうは？　馬刺しと『おたぐり』はまだありますけれど」

お絹がふたりに目をやると、答えるより先に熊五郎の腹が鳴った。

恥ずかしそうに頭をかく熊五郎に、笑みを投げたお絹は庫裏へと急いだ。


一方、神田佐久間町の居酒屋「花菱」では、まだ一合も飲んでいないというのに、志乃吉は耳まで桜色に染めていた。

一見すれば、ただでさえ人の目をひく別嬪の志乃吉が、抜けるように白い肌を桜色に染め、ほろ酔い加減でいるのだ。

男なら誰だってよからぬ考えが鎌首をもたげてくる。

だが翔次郎はぐい飲みの酒を舐めながら、横目で志乃吉の酔い加減をうかがい続けた。

志乃吉が手のひらで顔をあおぎだし、「あーあ」というため息をついたら、そこからは志乃吉の絡み酒が始まる。

志乃吉は飲み干したぐい飲みを卓に置くと、「ふー」というため息をついた。

そして襟元を少しだけゆるめ、左手で顔をあおぎ始めた。

志乃吉の様子を確認した翔次郎は、さりげなくその肩を抱いた。

「あら、翔次郎の旦那にしては、大胆じゃございませんか」

志乃吉は左の肩にかかった翔次郎の手を払った。

そして大きく息を吸った志乃吉が、

「あー」

という一丁上がりのため息をつこうとした瞬間、翔次郎はもう一度肩を抱き寄せ、半開きになった志乃吉の口を自分の唇で塞いだ。

志乃吉のふっくらとした唇の柔らかな感触が伝わった瞬間、翔次郎と志乃吉の目が合った。

考えてみれば、志乃吉とは五年以上のつき合いになるが、唇をあわせたのは初めてのことだ。

このまま突き飛ばされたとしても文句はいえない。

だが志乃吉はゆっくりと目を閉じ、全身から力を抜いた。

翔次郎がゆっくりと唇を離すと、薄く開いた志乃吉の唇の隙間から、熱い吐息が漏れた。

「旦那ったら、ずるいんだから……」

翔次郎の肩に頭をもたせかけた志乃吉が呟くようにいった。

「床柱の姐さんを大虎にして、永徳寺に帰るわけにはいかねえからな」

「やっぱり、帰らなくちゃいけませんよね」

そういって翔次郎をみつめる志乃吉の瞳は濡れ、わずかに揺れている。

「やつらもお絹さんが作った手料理で、とっくに宴を始めているはずだ」

「旦那、あたしは金八親分の気持ちが、どうしてもわからないんですよ」

「なにがだ」

「だって、夫婦になる約束した女を殺されたんですよ。それなのに毎晩毎晩、酒三昧。そんなもんなんですか、男って」

翔次郎が唇を奪ったことで、志乃吉は正気を取り戻したはずだが、翔次郎が逃げようのない質問で絡んできた。

「夜中、素面で夜具に潜り込めば、金八の頭にはいやでもお菊ちゃんの面影が、ささやきが、肌の匂いが、甦ってくるだろう。だから酒を飲んで、飲んで、飲んで、酔いつぶれでもしねえかぎり、その記憶から逃れることはできねえんだろ」

「じゃあ旦那は、あたしが殺されたら、飲んだくれてくれますか」

そういって見上げる志乃吉の唇に、翔次郎が人差し指をあてた。

「ああ、江戸中の酒を飲みつくすまで、飲んだくれてやるよ」

「よかった……」

志乃吉は安心したように、翔次郎の肩に頭をあずけた。

「志乃吉、お前さんは、桃井の家を恨んじゃいねえのか」

「いまさら何を仰ってるんだか……」

志乃吉は襟元の崩れを直して姿勢を正した。

五年前、翔次郎の両親が流行病で倒れる直前、黙々と傘張りをする父が意外なことを口にした。

父の話では翔次郎が生まれる半年前、正式に母との祝言を挙げていない父に、とある旗本の娘との婿養子話が勃発した。

先方は三百石取りの小普請組の旗本だが、嫡男ができず家を断絶させぬためには一人娘に婿養子を取るしかなく、その相手として白羽の矢が立てられたのが父だった。

桃井家がお役御免になったのに、二百年以上も代々仕えてきてくれた中間の娘だった母は父の婿養子の話を知り、当然のように桃井家と父の将来を思って身を引こうとした。

だが父は再仕官のためとはいえ、ひと言の文句もいわずに献身的に尽くし、傘張りの手伝いを黙々と続けながら、父を支え続けてくれた母を無慈悲に捨てることができなかった。

それに何より、母の腹には翔次郎が宿っていたのだ。

父は迷うことなく養子縁組の話を断ったのだが、不運にもその翌月、先方の旗本の夫婦が流行病で相次いで亡くなった。

婿養子が間に合わずにお家は断絶、残された一人娘はとある商家の番頭の嫁となり、その間に生まれた娘が志乃吉だった。

五年後、志乃吉の父は暖簾分けを認められて神田で店を持つが、生来の博打好きと酒癖の悪さが祟り、わずか五年で店は廃業に追い込まれ、父は大川に身を投げた。

その後、女手ひとつで娘を育ててきた志乃吉の母だったが、六年前、心労が重なって亡くなり、娘の志乃吉も消息を絶った。

その後、どのような経緯があったのか翔次郎の父は語らなかった。

だがその死の間際、志乃吉が柳橋の置屋で半玉となっていることを告げた。

「あの日、突然、翔次郎様が置屋に現れたかと思ったら、『志乃吉を身請けしたい。いくらだっ』て叫んで、本当に驚きましたよ」

志乃吉がぽつりといった。

「俺は親父から、お前さんの母上との養子縁組を断ったという話を聞いたとき、正直にいえば親父を恨んだ。毎日毎日、張れども張れども終わらぬ傘張り。借金こそなかったが、貧しいことには変わらない。亡くなった母だって、親父が養子になっていれば、三百石小普請組の旗本の妾として、もう少し苦労のない暮らしができたはずだ。その親父が死の間際、突然、お前さんのことを口にしたとき、俺は親父がお前さんの家を断絶させてしまったこと、お前さんの母上どころか娘のお前さんまで不幸にしちまったことへの罪の意識を背負い、ずっと生きてきたことに気づきもしなかった」

翔次郎は遠い昔を思い出すように、天井を見上げた。

「あたしは死んだおっ母さんから、元は武家の娘なんだから、毅然と生きろといわれ続け、こんな跳ねっ返りになっちゃったんですけどね」

「俺は両親があっけなく死んだあと、傘徳の親父に傘作りの腕を認められて傘作りとして新たな道を歩み始めた。だが考えてみれば、俺の傘作りは、親父が折れた傘の骨を修繕する姿を見ながら学んだものだ。実際、親父が母のために作った蛇の目の出来は見事でな、持ち手の柄に女の髪を使うのも親父の知恵だった」

「翔次郎様の父上は、なぜ傘作りを始めなかったんですかね」

「当たり前に考えれば、腐っても元旗本の武士が職人の真似事などできるかというところなんだろうが、俺には親父が傘作りなんかで豊かになることを拒んでいたような気がするんだ」

「どうしてですか」

「お前さんたち母娘を不幸にしちまったからだ。そう思えば、死の間際にお前さんのことを口にしたのは、俺にそれを何とかしろという遺言だ。十七歳の俺はそう思いこみ、お前さんのいる置屋に乗り込んじまった。それでお前さんをひと目見たら、この口が身請けしてえなんていっちまったんだ。嘘じゃねえよ」

「うれしい……」

志乃吉はもう一度、翔次郎の肩に頭を預けた。

「ところで志乃吉。さっき、俺はお前が死んだら江戸中の酒を飲み干すといったが、俺は明日にでも龍之進たちに殺されるかも知れねえ。そんときに、お前さんはどうしてくれるんだ」

翔次郎は志乃吉のことだから、どうせ「日本中の酒を飲み干す」くらいの答えが返ってくるだろうとたかを括り、ほんの冗談のつもりで聞いてみた。

「……泣きます……涙が涸れるまで……だから、絶対に負けずに帰ってきて」

頭を預けたまま言葉にした志乃吉の返答に、翔次郎は言葉を失った。

「なんちゃってね。本当はもし旦那に万が一のことがあったら、あたしは浴びるほど酒を飲んで、地獄の閻魔様に絡んでやりますよ。もう、旦那ったら、嫌なことといわないでくださいよ……」

無理におどける志乃吉の大きな目から、あふれ出た熱い涙が頬を伝わり落ち、翔次郎の膝を濡らした。

「女将、そろそろ帰ろうと思うが、どうやら外は本降りのようだ。傘を貸してくれぬか」

翔次郎がいうと、女将は板場の隅にあった一本の黒蛇の目を手渡した。

「これは……」

「去年の梅雨時、傘徳の仁右衛門さんに、一生物だからとお勧めされて買ったものでございます。噂に違わぬ見事なできばえでございましょ。うちの頑固亭主も満足の逸品でございます」

「かたじけない。明日には返しにくるから」

「そうですよ。この傘は高うございますから、絶対に返してくださいませ」

女将は笑顔でそういうと、入口の腰高障子を開け、

「あらあら、本降りでございますねえ。これじゃあ、うちも終いということにしましょうか」

といって縄暖簾を店内に仕舞った。

「では、女将。今日も実に美味かった。ご亭主によろしくいってくれ」

翔次郎が右手で黒蛇の目を軽く振ると、音もなく傘が開いた。

空いた左手で志乃吉の肩を抱き、翔次郎は勢いを増す雨中に躍り出た。

二

永徳寺本堂の宴は、まさに絶頂を迎えようとしていた。

来るべき決戦を前に、早雲、金八、熊五郎、寅蔵の四人は、緊張と恐怖でささくれだった神経を酒で麻痺させるしかなかった。

へべれけ状態になった四人の気持ちはわかるが、ひとり酒を飲まない安佐吉は、あまりの乱痴気騒ぎに辟易していた。

「安佐吉親分、明日、俺がこのピストルで甚八の野郎をぶっ殺してやりますよ」

おぼつかぬ足取りで立ち上がった金八は、懐からピストルを取り出した。

そこに六角杖を構えた早雲が対峙した。

「和尚様、本堂で不謹慎な真似をなさってはなりません」

お絹が早雲の帯をひくと、馬鹿笑いをする早雲は簡単に尻餅をついた。

「本当に飲み過ぎなんだから。いま水を用意してきますから」

お絹は小走りで本堂を出た。

「金ちゃん、明日は拙僧も行くぞ」

「なにいってやがる。坊主の仕事は、殺しじゃなくて弔いだっつうの」

「でもな、あの甚八って野郎は、かなりの修羅場を潜ってきた男だぜ。姿見橋でみせた身のこなし、躊躇なく橋から川に飛び込む度胸はただ者じゃねえ。このまま金ちゃんが向かっていけば、返り討ちにあうのは火をみるより明らかだぜ」

「う、うる……」

ピストルを振り上げた金八は、突然、白い泡を口から噴き出した。

そしてまるで観音像が倒れるように、全身を硬直させたまま床に全身を打ちつけた本堂の床が、不気味に鳴りひびいた。

「金ちゃん、どうしたんだっ」

早雲は体を小刻みに痙攣させる金八に駆け寄った。

だが次の瞬間、早雲もガクリとその場に両膝を突き、これもまた口から白い泡を噴き出しながら倒れ、床板に顔面を激突させた。

なにがどうしたのかわからぬ安佐吉は、弾かれたように立ち上がると、板の間でのたうつ金八と早雲に駆け寄った。

「親分、和尚様、どうしたってんだ」

安佐吉が叫んだとき、その背後で熊五郎と寅蔵が次々と倒れて泡を噴いた。

安佐吉は白目をむいている金八と早雲の胸に耳を当て、鼓動を確認した。

「大丈夫、心の臓は動いている。お絹さん、大変だ！　水だ、水を急いで持ってきてくれ」

安佐吉は大声でお絹を呼び、熊五郎と寅蔵の鼓動を確認するために立ち上がろうとしたとき、前屈みになったその後頭部に激痛が走った。

一瞬で気を失った安佐吉もまた、その場に倒れた。


蛇の目を差しているとはいえ、本降りの雨でずぶ濡れになった翔次郎と志乃吉が山門を潜った。

「やけに静かじゃねえか」

翔次郎と志乃吉は顔を見合わせると、小走りで本堂へと向かった。

いつもなら開け放たれている本堂の引き戸が閉められ、あたりからは激しく屋根瓦や地面を打つ雨音しか聞こえない。

翔次郎は蛇の目を志乃吉に預け、階段を駆け上がって引き戸を引いた。

そして飛び込んできた、異様な光景と強烈な酒の匂いに息を呑んだ。

四方に置かれた行灯のわずかな明かりの中で、徳利やら料理が床に散乱し、床には五人の男が倒れているが、血痕のようなものはどこにもない。

俯せに倒れている早雲のひしゃげた鼻のまわりに、わずかな血溜まりができているが、鼻血のようだった。

翔次郎は口から泡を噴いた、金八の上体を抱き起こした。

そしてまぶたを押し上げると、その瞳がじろりと翔次郎をみた。

「金ちゃん、どうしたんだ。なにがあったってんだ」

翔次郎は完全に力が抜けて、やたらに重い金八の上半身を揺すった。

だが金八はなんの反応もみせず、わずかに開いたまぶたの中で瞳だけが小刻みに震えている。

「旦那、どうしたってんですか」

遅れて本堂に入ってきた志乃吉は、あまりの惨状に声を失った。

「大丈夫、死んじゃいねえよ。痺れ薬を飲まされたみたいだ」

翔次郎が答えたとき、近くに転がっている安佐吉の脚がわずかに動いた。

安佐吉はほかの四人とは違い、泡を噴いた形跡がない。

翔次郎は安佐吉の上体を起こし、その背中に活を入れた。

すると意識を取り戻した安佐吉は、不安げな顔で翔次郎をみた。

「親父、大丈夫か」

「翔次郎の旦那」

「どうしたい、情けねえ顔をしやがって」

「そ、それが」

「ほかの四人は、痺れ薬を飲まされているみてえだな」

「あの、お絹さんは」

「ここにはみあたらねえようだが。志乃吉、ちょっと庫裏をみてきてくれ」

「はい」

志乃吉は部屋の隅に置いてある行灯を手にすると、庫裏へと走った。

「旦那がここを出た後、甚八の居所がわかったって、熊五郎と寅蔵が転がり込んできたんです」

「場所は」

「内藤新宿の追分近くにある富士屋です。あの店はすでに『玉屋』の五平の手に渡っておりやして、そこに甚八と『玉屋』の若衆がふたり隠れているそうです。それで踏み込むのは、旦那が帰ってくるのを待ってからということで、祝い酒でもやってようということになったんです。それから半刻ほどたったでしょうか、最初に金八親分が倒れ、後は次々と……」

安佐吉はずきずきと痛む後頭部を押さえながら、何とか立ち上がった。

「翔次郎の旦那、庫裏にもお絹さんの姿はみえませんが……」

行灯を手にした志乃吉が戻ってきた。

「そうか、すまなかったな」

翔次郎は唇を噛んだ。

「旦那、まさか……」

「親父さん、そのまさかだよ。酒に痺れ薬を入れたのはお絹だ」

「なんで、お絹さんがそんなことを」

「お前さんたちの話で、甚八の居所がわかったからだ。龍之進たちにそれを知らせるために、みんなの酒に痺れ薬を仕込んだんだ」

「まさかお絹さんが、信州の地震で死んだはずの龍之進の妹だったとは……」

「親父さん、とりあえず医者を呼んできてくれ。それから志乃吉、こいつらの面倒を頼むぜ」

翔次郎はそういうと本堂を出た。

そして志乃吉が階段に置いた黒蛇の目を再び開き、本降りの雨の中をひとり山門に向かって歩き出した。

「安佐吉さん、まさか翔次郎の旦那は……」

安佐吉は手ぬぐいでほっかむりをすると、羽織を傘代わりに頭上で広げ、

「志乃吉姐さん、あっしらは旦那にいわれたとおりにしましょうや。ここは任せましたぜ、あっしは医者を呼んできます」

それだけいって雨中に飛び出した。

大木戸方面から雨中を疾走してきた四つの影は、追分近くの富士屋に到着すると、向かいの旅籠の軒先に身を潜め、あたりの様子をうかがった。

すでに四つ半（午後十一時）。

あたりに人気はなく、富士屋の二階以外は明かりも消えている。

「百合、どうやら二階の部屋に、甚八がいることは間違いなさそうだな。ご苦労だった」

そういったのは、頭巾で顔を隠した龍之進だった。

百合と呼ばれた小柄な影は、忍びのような黒装束を身にまとったお絹だ。

「兄上、中には甚八のほかに、仲間がふたりいるそうです。ことによれば仲間が増えていることもありますので」

「心配するな。何匹増えようがネズミはネズミ。我らの相手ではない。それではおのおの方、これが最後、くれぐれも油断めされるな」

龍之進が軒先を飛び出して富士屋の玄関先に向かうと、ほかのふたりは勝手口へと手際よく散開した。

すでに建て直しが決まっている富士屋の玄関先は、中に入れないように入口の腰高障子には、外側から二枚の板が筋交いに打ちつけられていた。

中に入ることができず、他に入口がないかと捜し始めた龍之進の背中に、くぐもった声がかかった。

「龍之進、こちらだ」

勝手口へとつながる路地から顔を出した別の影がいった。

「百合、お前は外を見張っていてくれ」

「兄上、私もいきます」

「無理をいうな」

「なにが無理なのです。闇烏一味と『つむじ風』の茂平の居所を探るために、私はこの五年の間、獣のようなあの男に抱かれながら、この日を待ち続けてきたのですっ！」

思い返せば嫁ぎ先で地震に遭った百合は、倒壊して火の手が上がった屋敷の下で必死に助けを求める夫や義父、義母を救うこともできなかった。

半月後、命からがら八王子に戻ったものの、生きる目的を失い、夫や義父、義母を救えなかった罪の意識に苛まれながら、百合は廃人のように、日がな一日庭を眺め続けた。

龍之進はそんな百合をみかね、「つむじ風」に殺された両親の死の真相を打ち明けた。

廃人同然の妹を正気に戻すには、それしか方法はないと思えたのだ。

両親の死の真相を知った百合の中で復讐心が燃え上がり、みるみる生気を取り戻したが、一方で龍之進の手に負えない変化を見せた。

龍之進が止めるのも聞かずに家を飛び出してしまい、結果として甚八の女となることで「つむじ風」の残党の茂平が生きていること、その倅たちが闇烏という盗賊になり、茂平を捜していることを龍之進に手紙で報告してきたのだ。

気まぐれに現れては百合を抱くだけの甚八を殺すつもりなら、機会はいくらでもあっただろうが、百合は隠れ家もわからなければ、行方もわからぬ闇烏一味の動向や、江戸に逃げた美濃吉の居所を知るために、甚八に抱かれる苦痛に耐え抜き続けた。

龍之進も妹の気持ちがわからぬわけではないが、人殺しとなれば話は別だ。

武術の心得などまるでない百合は、足手まといい以外の何ものでもなかった。

「百合、黙って俺のいうことを聞け……」

「兄上は、武蔵府中宿で美濃吉の女房と娘を殺したときも、私ではなく女中のおつうと夫婦を装い、府中宿まで同行させてました」

「俺は女のお前を敵討ちに巻き込むつもりはなかったのだ」

「ならばなぜ、父上と母上の死の秘密を私に明かしたのですか」

百合は眉間に深い皺を刻み、龍之進を睨んだ。

龍之進が止めるのも聞かず、内藤新宿の富士屋にいくといって家を飛び出したときと同じ顔だった。

「わかった、もう何もいわぬ。ここまでこれたのは、お前の五年に及ぶ我慢と犠牲のおかげなのだからな」

龍之進は百合の願いを聞き入れる決心をした。

自身が銀治郎、米蔵、九助を手もなくひねり殺せた度胸と剣技を身につけられたのも、百合が耐えた五年があればこそだった。

その百合が最後の仇である甚八を、みずからの手で仕留めたいと思うのは当然のことだった。

「兄上、本当によろしいのですね」

「お前には辛い思いをさせっぱなしだった。ついて参れ」

龍之進はそういって通用口へと向かった。

一方、二階では、龍之進たちの急襲を知らぬ甚八が、酒を満たした茶碗を片手に、五平に命じられて帯同していた若衆ふたりを相手に花札をめくっていた。

二階の客間は廊下を挟んで六畳間が三部屋ずつあり、間仕切りの襖は外されているためにだだっ広い大広間になっていた。

甚八たちは行灯の明かりだけでほの暗い、一番奥の部屋の窓側に陣取っていた。

「しかし、甚八の兄貴があの闇烏の首領だったとは、恐れ入りやした」

甚八の自慢話を聞いていた丸顔の若衆がいった。

「なあに、盗人なんて稼業はよ、いつもいつも目当ての金子を奪えるわけじゃねえんだ、清太郎。だから書画骨董やら着物、金になりそうな物はすべていただいてくるんだが、俺たち盗人にはそんな品を売りさばくことはできねえだろ」

「確かに困っちまいますね」

「そこで、うまいところに目をつけたのが五平だ。野郎はもともと俺たちの仲間だったんだが、日野の両替商を襲ったときに釘を踏み抜いちまってな、その怪我がもとで足を引きずるようになっちまったんだ」

「五平親分が足を引きずるのは、そういう事情があったんですか」

「ああ、正直なことをいえば、俺は奴を殺すつもりだった」

そういってふたりをみた甚八の目は笑っていなかった。

「冗談は勘弁してくださいよ」

「冗談じゃねえよ。五平を生かしておけば、俺たちの秘密がいつバレるともしれねえんだから、殺すしかねえだろう。そんな空気を察していたのか、五平が俺に話があるというから聞いてやったら、奴は俺たちから盗品をすべて買いつけ、それを江戸で売りさばきてえってんだ。ようするに窩主買だが、俺たちにはまさに渡りに舟だし、仲間を殺して嫌な思いをすることもなくなるだろ。それで俺が五十両の資金を工面し、始めたのが『玉屋』というわけだ」

甚八は自分の茶碗に一升徳利で酒を注ぐと、丸顔に徳利を回した。

「ときには千両箱をいくつも手に入れたなんてこともあるんでしょう」

「まあな」

「それに比べりゃ、窩主買なんてのはケチな商売ですよ」

丸顔が茶碗に酒を注ごうとしたとき、甚八が持っていた茶碗を置いた。

「兄貴、どうしました」

「しっ！　声を立てるな」

甚八は階下から階段を上がってくる、妙な気配を察していた。

音を立てぬように中腰になると、甚八は行灯の火を吹き消した。

すると階下から上がってくる気配の動きも止まった。

行灯を消したことで、部屋の中はほとんど完璧な闇に包まれた。

「ふたりともしっかりと目を瞑れ」

「はあ？」

「いいから目を瞑って、闇に目を慣らすんだ」

甚八はそういうと固く目を瞑り、懐から取り出した匕首を抜いた。

「三人か……」

龍之進たちが、階段を上がる際に発せられるわずかな軋《きし》みから、甚八は侵入者たちの数を察した。

入口の襖が勢いよく蹴破られた。

瞬時に目を開けた甚八たちが後ずさった。

頭巾で顔を隠し、左手に富士屋と大書きされた提灯をぶら提げた、ずぶ濡れの侍が三人現れたのだ。

先頭の侍が最初の間仕切りの衝立を蹴倒し、持っていた提灯の柄を脇の襖に突き刺した。

そして大刀ではなく、脇差しを抜いた。

大柄な侍が大刀を抜いたところで、振りかぶれば切っ先は天井に阻まれるのを見越してのことだ。

「か、火盗改かっ！」

匕首を腰だめに構えた甚八は、三人の隙のない身のこなしから火盗改と勘違いした。

両脇では若衆が手にした匕首を突き出しているが、その切っ先は、明らかに震えていた。

「馬鹿め、火盗改が旅籠の提灯など使うかっ！」

残ったふたりの侍が、持っていた提灯の柄を襖に突き刺して脇差しを抜いた。

「てめえら、何者だっ！」

「甚八、盗人たけだけしいとはお前のことだな。もっともすぐに首を折ってやった九助はともかく、銀治郎も、米蔵も、泣きべそをかきながら、最後まで虚勢をはっていたのは、お前と同じだがな」

一番大柄な龍之進がいった。

「俺は手めえのことなんざ、これっぽっちも知らねえぞ。なんだって俺たちが、手めえに狙われなきゃならねえんだ」

「お前は闇烏の頭領にしては、ぺらぺらとよく喋るな。お前は烏ではなくて鸚鵡《おうむ》か」

龍之進は右手で握った脇差しを突き出しながら、二歩三歩と間合いを詰めた。

甚八の左右にいたふたりの若衆は緊張に耐えきれず、無謀にも龍之進の左右にいた侍に突っ込んだ。

闇雲に匕首を振り回すふたりだったが、勝負は一瞬だった。

丸顔が突っ込んだ侍は、匕首を叩き落とすこともなく、横に寝かした脇差しの切っ先が一瞬で清太郎の心臓を刺し貫いた。

たじろいだもうひとりの若衆が目をそらした瞬間、もうひとりの侍の強烈な突きが繰り出され、その喉元を切っ先が貫いた。

ふたりの侍は、それぞれに倒れた若衆を起こすと、その首をひねり折った。

二度、聞こえた骨の砕ける不気味な音に、甚八は完全に我を失った。

「ヒエーッ」

奇妙な声を発しながら龍之進に突進した甚八だったが、龍之進はその攻撃をさらりとかわした。

龍之進は瞬時に脇差しを畳に突き刺し、瞬く間に甚八の背後から両手でその頭と顎をとらえた。

「お前たち闇烏は知らぬだろうが、俺の両親はお前たち親の『つむじ風』一味に惨殺された。しかも我らがその恨みを晴らそうにも、一味の茂平の裏切りによって、お前たちの父親は殺されてしまった」

頭と顎を猛烈な握力で摑まれた甚八は、いつひねられるともしれない恐怖で目を白黒させるしかなかった。

龍之進はそんな甚八の耳元で、さらに囁いた。

「ところが悪党の子は悪党よのう。お前たちは親をも凌ぐ外道となって、さらなる罪を重ねてくれた。ここにいるふたりは、お前たちに襲われて一家皆殺しにされた百姓の倅だ。たまさか夜釣りに行っていて難を逃れたが、うぬらへの復讐だけを考えて、天然理心流の道場で修行をしてまいったのだ。幸いお前たち闇烏には子がいない。さすれば我らのように、恨みを抱き続けて一生をおくる者もない。すべてはこれで終わりということだ」

龍之進がそういって頷くと、廊下にいた百合が一歩進み出で覆面をはずした。

「お、お絹じゃねえか。なんで手めえがここに……」

「ふふふ……」

青白い顔で眉をつり上げ、眉根に深い皺を刻んだお絹は、憎悪に燃える血走った目を見開いた。

次の瞬間、百合の右側にいた黒装束が甚八に近寄り、右目に二本の指を突き立てた。

甚八は龍之進の丸太のような腕が発する、猛烈な膂力《りょりょく》で顎を掴まれているために、悲鳴ひとつあげられず、両手足をばたつかせたが、黒装束は問答無用でその目玉をくりぬいた。

それをみていたもうひとりの黒装束が近寄り、残った左目をくりぬいた。

「これでお前は地獄に行っても何も見えまい。闇鳥にはお似合いだぜ」

龍之進が甚八の耳元で囁いた。

「百合、いまだっ！」

龍之進の声に、百合が龍之進から渡された大刀で、甚八を滅多斬りにした。

兵法なぞ知るはずのない、百合の斬撃はまるで勢いがなく、致命傷とはならないが、龍之進が丹精込めて研いだ大刀の切っ先は、確実に甚八の着物と皮膚を切り裂き、激痛を与えた。

龍之進に首を摑まれたまま百合に滅多斬りにされた甚八は、全身から鮮血をまき散らしながら暴れた。

凄まじい返り血で顔を朱に染めた百合は、持っていた大刀を畳に突き刺して甚八の前で中腰になると両腕を伸ばし、目の見えぬ甚八においでおいでをするように手指を動かした。

龍之進もみたことのない、般若の如き妹の形相。

龍之進の背筋に冷たいものが流れた。

「百合、もういいだろう」

龍之進はおいでおいでを止めない百合の目前で、全身から力の抜けた甚八の首を一気にひねった。

甚八は一瞬、両手足を猛烈にばたつかせたが、頸骨が砕ける不気味な音が鳴り響いた。

「終わったな。ご一同、長居は無用だ」

頭巾を外した龍之進は、階下へと向かった。

三

勝手口に出た龍之進は、後ろにいる百合を振り返った。

「百合、首尾は上々、これですべて終わりだ」

龍之進は呆然としたまま、無言でうなずく百合の顔の血を頭巾で拭った。

「それでは、引き上げるとするか」

龍之進は板場で見つけた富士屋の番傘を百合に手渡した。

さっきまで本降りだった雨だが、今はだいぶ小降りになっていた。

富士屋を出た龍之進たちが無言で大木戸に向かうと、一丁ほど先の道の中央をこちらに向かってくる人影がみえた。

自然と龍之進たちは左端に移動した。

すると影も左に寄る。

両者の間隔が二十間ほどになったところで、龍之進は向かってくる影が差している蛇の目傘を確認した。

龍之進は進路を中央に変えながら、さらに前進した。

影もまた中央に進路を変えた。

そして両者の間隔が、五間ほどになったところで立ち止まった。

「無礼者、道を開けろっ！」

龍之進が声を荒らげた。

「その番傘は富士屋のものということは、あんたが龍之進か」

「それがどうした。どかねば斬るぞっ！」

龍之進が腰の大刀の鍔に親指をかけた。

「お絹さん、いや、百合さんといった方が正しいか。富士屋の方角から戻ってきたということは、両親を殺された恨みは晴らせたかね」

聞き覚えのある声に、百合は顔を曇らせた。

「邪魔だてすると容赦はせぬぞっ」

龍之進は持っていた番傘を投げ捨て、大刀を抜いた。

背後にいたふたりの侍も刀を抜いた。

しかし蛇の目の男は微動だにしない。

「兄上、あの方は桃井翔次郎様です」

百合が龍之進の背後から声をかけた。

復讐を成し遂げた満足感のせいなのか、府中宿で初めて会って以来、消えることの無かった澱みが、百合の偽りの瞳から完全に消えていた。

「ほう、お主が桃井翔次郎か。話は妹から聞いている。ここは妹が世話になったと礼をいうべきところなのだろうが、どうやらそうもいかぬようだな」

龍之進がそういって大刀を構え直すと、ふたりの侍が左右に散り、翔次郎を三方から囲った。

「両親をなぶり殺しにされたお前さんたちの気持ち、俺にはわかりようがねえ。だがよ、両親を殺した『つむじ風』の一味など、とっくに退治されていたことを知り、何故、復讐を諦めなかった」

翔次郎は呟くようにいった。

「ふふふ、俺だって捨てようと思ったさ。だがな、いくら忘れようと思っても、夜毎、両親、奴らに殺された顔の見えぬ者たちが、代わる代わる夢枕に立ちやがる。俺は何日も眠れず、体はやせ細り何度も気絶した。だがその度に、腸がねじ切れんばかりの痛みに襲われ、我に返るのだ。貴様の如き極楽蜻蛉に、あの時の苦しみを軽々しくわかったなどとはいわせぬわっ！」

「それで、恨みの矛先を倅どもに変えたというのか」

「違う。俺がようやく『つむじ風』への復讐を忘れかけた頃、嫁ぎ先の信濃で遭遇した地震で、死んだと思っていた妹の百合が命からがら八王子に戻った。だが百合は目の前で炎に包まれた夫や義父、義母を救えなかった罪の意識に苛まれ、廃人のようになって、日がな一日庭を眺め続けた。俺は廃人同然の妹を正気に戻そうと思い、両親の死の真相を打ち明けた。そして思った通り、両親の死の真相を知った百合の中で復讐の炎が燃え上がり、みるみる生気を取り戻した。だが百合は……」

「あんたが止めるのも聞かずに家を飛び出し、甚八の女となることで茂平の存在と、甚八たち闇鳥の存在を手紙で報告してきたんだろ」

「ふふふふ、茂平とかいう外道が、盗んだ二千両を独り占めするために仲間を裏切り、『つむじ風』は皆殺しにされた。そして皆殺しにされた者どもの倅どもが闇烏などというふざけた盗人となり、親父たちに輪をかけた外道となって茂平を捜していた。その話を知ったとき、俺は笑っちまったぜ。まさに蛙の子は蛙、親が外道なら子も外道。そ妹が好きでもない外道に抱かれてまでして、ようやく手に入れた話を知り、兄の俺が何もせぬわけにはいかぬだろう。奴らを平然と江戸に潜伏させ続ける、ふ抜けた代官所や町奉行所に代わって、退治してやったまでのことだ」

「ほう、それが両親を殺された千人同心の理屈ってわけか。ならば、手めえらの復讐のために殺された、嫁入り前の町人娘の復讐を俺がするって理屈も、十分通用しそうだな」

「殺された町人娘など知らぬわっ、たわけたことをぬかしおって。いずれにしても、お主はいささか知りすぎてしまったようだな」

半身になった龍之進が、大刀を八双に構えなおした。

「百合、いやお絹さん、あんたはそれでいいのかい。俺は和尚になんと説明したらいいんだよ」

蛇の目を上げ、顔をのぞかせた翔次郎の目頭から、涙が一筋零れ落ちた。

「この期におよんで涙とは、なんと女々しい奴よ。百合、下がっていろっ！」

龍之進はじわじわと翔次郎との間合いを詰めながら、百合が退くのを確認すると、再び八双から正眼に構えなおした。

すると左手で蛇の目を差している翔次郎の左側にいた侍が、その死角を利用して斬りかかった。

「きえーっ！」

翔次郎は反射的に傘を投げつけた。

上段から放たれた侍の斬撃が、一瞬で蛇の目を切り裂いた。

だが次の瞬間、中空高く舞い上がった翔次郎の斬撃が蛇の目を切り裂き、侍の脳天に食い込んでいた。

まさに一瞬の出来事だった。

北辰一刀流では、木刀を使った組太刀のことを勢法という。

晩年に近いとはいえ、防具なしの勢法で剣豪千葉周作の鋭い斬撃を受け続けた翔次郎の体が、無心で反応した結果だった。

「やるではないか」

龍之進は舌なめずりしながら、顔の真横に掲げた柄の握りを一度だけゆるめ、もう一度しっかりと握りしめた。

龍之進の天然理心流では、ようやく摑めるほど太い木刀を使って鍛錬するために、自ずと膂力と握力が鍛えられる。だが流派はどうであれ、重い真剣を強く握り続けていれば刀の扱いは鈍くなる。

ゆえに兵法者は常に、柄を握る手をゆるめたり強めたりするが、これを手の内という。手の内を明かすとは、この握りの強弱を読まれることをいうのだが、翔次郎は龍之進の節くれ立った拳から、二度とゆるみの気配を察することができなかった。

「エエイッ！」

大刀を握った右腕をだらりと下げた翔次郎が、龍之進の手の内にもう一度神経を集中させたとき、龍之進の右手にいた侍が鋭い気合を発し、上段から連続の斬撃を繰り出した。

「エイ、エイ、エイッ！」

殺気を振りまきながら、次々と斬撃を繰り出す天然理心流のそれは、相討ちをも恐れぬ殺人技だった。

軽い脚捌きで後退しながら、紙一重で斬撃をかわし続けた翔次郎は、相手が四度目の斬撃を繰り出そうと大きく振りかぶった瞬間、がら空きになった胴に鋭い突きを放った。

正直にいえば斬撃を繰り出す余裕はなく、突きを出すのが精一杯だったが、一直線に敵の鳩尾をとらえた翔次郎の切っ先は胴体を貫き、背骨を砕いた。

その場にへなへなくずおれた侍は負けを認めたかのように、自らの切っ先を喉にあてがい、一気に前に倒れ込んだ。

「おのれっ！」

龍之進が翔次郎に突進し、渾身の一撃を繰り出した。

翔次郎はぬかるむ足場をものともせず、瞬時に五尺ほど飛んで退き、やすやすと龍之進の攻撃をかわした。

そして着地した右足が、最初に斬った男の骸に触れた瞬間、翔次郎はその骸を蹴るようにして前方に飛んだ。

足場を得たことで速度を増した翔次郎の鋭い突きは、攻撃をかわし損ねた龍之進の右肩を貫いた。

翔次郎は突き刺した白刃を摑まれぬよう、一気に大刀の柄をひねった。

「ギャッ！」

肉と骨を抉られた龍之進はあまりの激痛に、思わず手にした大刀を落とした。

「これまでだな」

翔次郎がそういって切っ先を肩から抜きさり、鋭い一閃を見せた。

ヒュン。

翔次郎の白刃が空気を切り裂き、龍之進の首が転がった。

「兄上っ！」

大きな血溜まりの中にうずくまる、龍之進の骸に百合が走り寄った。

「お絹さん、俺にはあんたを殺せねえ。だが今となっては、俺はあんたの兄貴の仇だ。好きにすればいいぜ」

翔次郎は百合に背を向けると刀を納めた。

次の瞬間、翔次郎の背後で、ピストルの撃鉄を起こす金属音がした。

反射的に翔次郎が振り返ると、百合が金八のピストルを構えていた。

「なるほど、そいつなら確実に俺を殺れる。しっかり心臓を狙ってくんな」

翔次郎は右手で左胸を叩いた。

だが次の瞬間、百合はピストルの銃口を咥え、そのまま一気に引き金を引いた。

轟音とともに百合の後頭部が吹き飛び、白い脳漿と血液が飛び散った。

一瞬の出来事に、翔次郎は声を上げることもできなかった。

「これでまた、和尚を悲しませちまうな……」

翔次郎はそう呟くと、切り裂かれた蛇の目とピストルを拾い上げ、そぼ降る雨の中に消えた。


明け方、翔次郎が永徳寺の本堂に戻ると、志乃吉が駆け寄った。

「旦那、無事だったんですね」

志乃吉は、翔次郎がムッとするような血の匂いを全身から発しているにもかかわらず、その胸に顔を埋めた。

「地獄の閻魔に絡めなくなっちまったな」

翔次郎の言葉に、志乃吉はイヤイヤをするように何度も顔を振った。

「だが、『花菱』で借りた蛇の目はこの通りだ。明日、黒と赤の新品の蛇の目を返しにいくが、お前さんも付き合ってくれよな」

「はい……」

「ところで金八たちの様子はどうだ」

「中で先生が治療してくれています」

翔次郎が本堂を覗くと、近所の蘭方医が布団に寝かされていた金八たちの様子をみていた。

「先生、様子はどうだい」

「おお、桃井様。どうやら酒に痺れ薬が混ぜられていたようです。皆さん、まだ体の自由はきかないみたいですが、意識は戻られていますよ。あとは時間が解決してくれるでしょ。それではわたしはこれで」

「夜中にたたき起こされてびっくりしただろう」

翔次郎はそういって小判を五枚、蘭方医の懐にねじ込んだ。

「翔次郎の旦那、金八親分がなにかおっしゃってますよ……」

志乃吉に呼ばれて翔次郎がいくと、目を血走らせた金八が口を開いた。

「翔ちゃん……お絹さんが酒に……痺れ薬を仕込みやがったんだ。だが……なんでそんなことを……」

「お絹さんは、龍之進の妹の百合だったんだよ」

「お絹さんが妹って、旦那はなぜわかったんですか」

志乃吉が金八の代わりにきいた。

「なに、九助が殺された小塚原、そして姿見橋での一件も、なんでいつも、龍之進たちに先回りされたのかがわからなかった」

「まさか、お絹さんが……」

「そうとしか考えられねえだろう。俺たちしか知らないことを奴らが知っていたのは、お絹が知らせていたからなんだよ。俺だって、まさかとは思ったがな」

片膝をついていた翔次郎は、その場で胡座をかいた。

「翔ちゃん、それでお絹さんは……」

「甚八たちを富士屋で始末し、戻る最中に俺とでっくわした」

「それで……」

「龍之進たちは俺が始末した」

「あ、ありがとよ。で、お絹さんは……」

「こいつをくわえて自害した」

翔次郎はそういってピストルをみせ、ガクリと項垂れた。

「そうか、仕方がねえな」

「いずれにしても、俺は奉行所に名乗り出る。八王子千人同心を斬り殺したんだから、黙っているわけにもいかねえだろ」

「旦那……」

志乃吉が項垂れる翔次郎の肩を抱いたとき、入口の方で人の気配がした。

「翔次郎の旦那、心配は無用ですよ」

びしょ濡れになった安佐吉だった。

「金八親分、小雨そぼ降る中、蛇の目を差して颯爽と現れ、目にも止まらぬ早業で悪党を斬った翔次郎の旦那の太刀さばき、見事なもんでしたよ」

「なんだ、親父は見ていたのか」

　翔次郎が顔を上げた。

「旦那、こういうことは何ごとも後始末が肝心でしてね、あっしが手の者に四人の骸を手厚く葬っておくようにいっておきましたから。あ、それから血溜まりのところには野良犬の死体を置いておきましたんで、旦那が奉行所に出向いたところで妙な話になっちまいますぜ。犬公方様の時代じゃあるまいし、奉行所も野良犬を斬ったからって、お縄をかけるわけにもいかないでしょう」

　安佐吉は翔次郎の肩を軽く叩くと、えもいわれぬ笑顔をみせた。

　袂で口元を押さえた志乃吉が、そんな安佐吉の背中を何度も叩いた。

「そうか、親父さん、世話をかけちまったな」

　翔次郎が安佐吉に頭を下げたとき、その背後に横たわる早雲の両頬に、熱い涙が伝わったことを知る者はいなかった。


　それから三日後の朝、ようやく体調の戻った金八と早雲、翔次郎の三人は、精をつけようと鰻釣りにでかけた。

　例によって首尾の松付近の鰻釣りは絶好調だった。

「かれこれ十匹は釣れたぜ。そろそろ『番太』にこいつを持っていこうよ」

早雲は釣り上げた十四匹目の鰻を魚籠に放り込んだ。

「早ちゃんは何をいってんだよ。これじゃあ、まだ足りねえよ。いいか、俺と早ちゃんが二匹ずつ、熊と寅が三匹ずつ、痺れ薬を飲んでねえ翔ちゃんと志乃吉姐さん、安佐吉親分は一匹としたって、えーとだな……」

「十三匹だ」

指折り数える金八に翔次郎がいった。

それから半刻あまりで、十五匹の鰻を釣り上げた三人が柳橋を潜ろうとしたとき、両国東詰の広小路に黒山の人だかりができていた。

「金ちゃん、ありゃあ馬に罪人を乗せた、引き回しの一行だぜ」

「どれどれ。早ちゃん、舟を河岸につけてくれ」

船縁から河岸に飛び移った金八は、猿のようなすばしっこい身のこなしで、人だかりの中に潜り込んだ。

ほどなくして舟に駆け戻った金八は、

「おいおいおい、こりゃまた大変なことになっちまったぜ」

口ぶりは仰々しいが、眉と目が八の字に垂れている。

「なんだよ、気持ち悪いな」

「翔ちゃん、なんと引き回しになっていたのは、赤坂の志摩屋十兵衛だぜ」

「志摩屋十兵衛って、江戸で五指に入るお大尽の木綿問屋か」

「そうだよ。その十兵衛が痴情のもつれで、間男と妾を殺しちまったんだと」

「馬鹿な男だ。たかが女ひとりで身を滅ぼすとは……」

そう呟いたのは早雲だった。

「人生、夢幻の如くっていうけど、一寸先は闇ってことを忘れちゃいけねえってことよな」

金八はニヤつきながら、もっともらしいことをいった。

「お前さんは、なんだって、そう嬉しそうにしているんだ」

翔次郎は怪訝そうな顔で金八をみた。

「翔ちゃん、嬉しいも何も、十兵衛が闇蔵の客ってことを忘れたのかよ」

「あ、そうか」

「そういうこと。つまり、またまたお宝大発見になるかもしれねえんだよ」

手もみをする金八が興奮して立ち上がろうとしたとき、その頭上で早雲が手にしていた竹竿が唸りを上げた。

舟上で転がった金八の額が、みるみる膨れ上がるのをみた翔次郎が、腹を抱えて笑いだした。

「十手持ちのくせに、まったく懲りねえんだからよ」

早雲が竿を握る手に力を込めると、舟は滑るように神田川を遡上した。

（了）

本書は当文庫のための書き下ろしです。

文芸社文庫

闇蔵　蛇の目の翔次郎始末帳

二〇一八年四月十五日　初版第一刷発行

著　者　安芸宗一郎
発行者　瓜谷綱延
発行所　株式会社　文芸社
〒一六〇－〇〇二二
東京都新宿区新宿一－一〇－一
電話　〇三－五三六九－三〇六〇（代表）
〇三－五三六九－二二九九（販売）

印刷所　図書印刷株式会社
装幀者　三村淳

ISBN978-4-286-19684-8

［文芸社文庫　既刊本］

贅沢なキスをしよう。
中谷彰宏

いいエッチをしていると、ふだんが「いい表情」に。「快感で人は生まれ変われる」その具体例をあげて、心を開くだけで、感じられるヒント満載！

全力で、1ミリ進もう。
中谷彰宏

失敗は、いくらしてもいいのです。やってはいけないことは、失望です。過去にとらわれず、未来から今を生きる――勇気が生まれるコトバが満載。

フェイスブック・ツイッター時代に使いたくなる「孫子の兵法」
村上隆英監修　安恒　理

古代中国で誕生した兵法書『孫子』は現代のビジネス現場で十分に活用できる。2500年間うけつがれてきた、情報の活かし方で、差をつけよう！

「長生き」が地球を滅ぼす
本川達雄

生物学的時間。この新しい時間で現代社会をとらえると、少子化、高齢化、エネルギー問題等が解消される――？　人類の時間観を覆す画期的生物論。

放射性物質から身を守る食品
伊藤　翠

福島第一原発事故はチェルノブイリと同じレベル7に。長崎被ばく医師の体験からも証明された「食養学」の効用。内部被ばくを防ぐ処方箋！